수의사는 오늘도 짝사랑 중

수의사는 오늘도 짝사랑 중

1판 1쇄 발행 2023. 2. 28.
1판 2쇄 발행 2023. 6. 30.

지은이 김명철

발행인 고세규
편집 박보람 | 디자인 홍세연 | 마케팅 고은미 | 홍보 이한솔
발행처 김영사

등록 1979년 5월 17일 (제406-2003-036호)
주소 경기도 파주시 문발로 197(문발동) 우편번호 10881
전화 마케팅부 031)955-3100 편집부 031)955-3200 | 팩스 031)955-3111

값은 뒤표지에 있습니다.
ISBN 978-89-349-5110-0 03810

홈페이지 www.gimmyoung.com 블로그 blog.naver.com/gybook
인스타그램 instagram.com/gimmyoung 이메일 bestbook@gimmyoung.com

좋은 독자가 좋은 책을 만듭니다.
김영사는 독자 여러분의 의견에 항상 귀 기울이고 있습니다

수의사는 오늘도 짝사랑 중

김명철

수의사

일일드라마

김영사

동물 진료차트

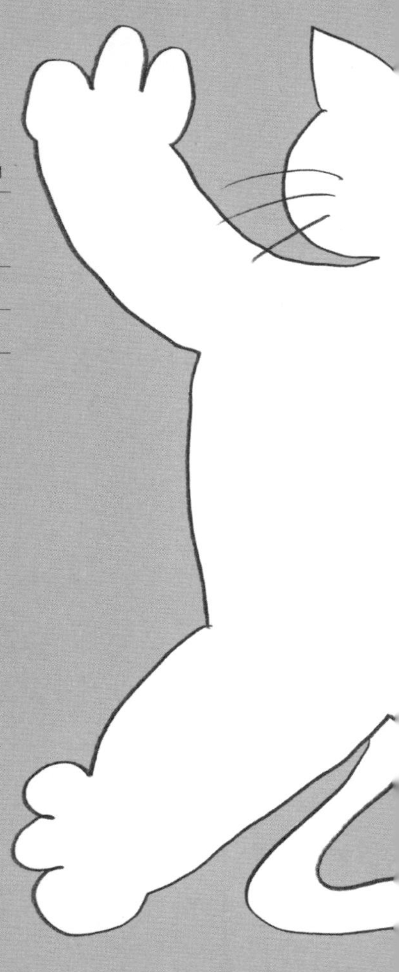

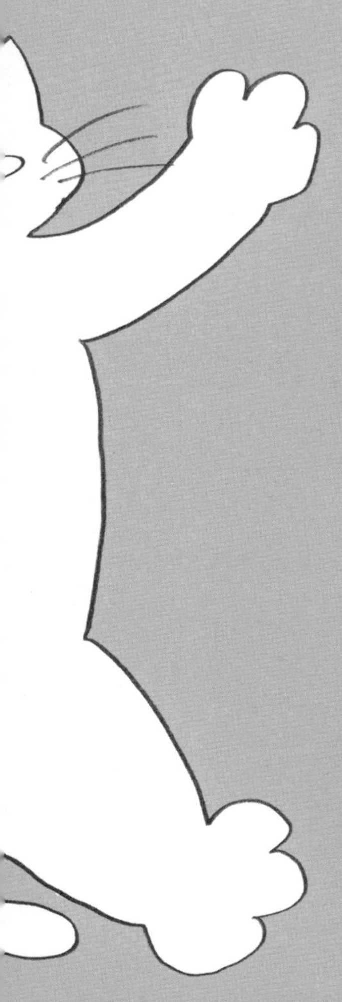

3부

말캉거리는 배
-애정 듬뿍, 슬픔 약간의 처방전

4부

살랑이는 꼬리
-그래도 여전히 동물을 사랑합니다

"어디가 아픈가요?"

프롤로그

냉정과 열정 사이

내가 수의학과에 입학했을 때 수의사라는 직업이 각광을 받기 시작했다. 농업대학에 속해 있던 수의학과가 독립적인 단과대학으로 분리되면서 4년제였던 교육과정도 6년제로 바뀌었다. 막 반려동물이 우리 일상 속으로 들어오기 시작한 시점이었다.

당시 줄기세포 연구를 진두지휘하던 유명 수의사 때문인지 수의사라는 직업이 여러 언론에 오르내렸다. 수의학과의 합격 점수와 경쟁률이 무섭게 올라갔고, 동기 중 몇 명은 의대나 치의대에 합격했음에도 수의학이라는 학문에 매력을 느껴 수의학과를 선택하는 경우도 더러 있었다.

하지만 갑작스러운 발전과 변화에는 필연적으로

어려움이 따라왔다. 각종 현실적인 문제와 갖춰지지 않은 시스템, 기대보다 낮은 교육 수준, 그리고 졸업 후 맞닥뜨리는 열악한 업무 환경 등은 당시 우리가 몸으로 일일이 부닥쳐가며 해결해야 하는 숙제였다.

20년이 지난 지금, 오늘의 수의학과 수의사라는 직업은 어떨까? 지난날과 비교해보았을 때 교육 수준이나 업무 환경 등 모두가 눈부신 발전을 이루었다. 뛰어난 교수진들에게 깊이 있는 학문을 배울 수 있고, 더 나은 환경에서 근무할 수 있게 되었다. 하지만 아직도 앞으로 나아가야 하는 점들이 많이 보인다.

과거와 현재, 경계의 시간을 모두 보낸 수의사로서 겪은 경험과 배우고 느낀 점을 가감 없이 담아내기 위해 노력했다. 따뜻함과 냉철함이 공존해야 하는, 모순적이지만 매력이 넘치는 직업, 수의사. 지금부터 내 직업인 수의사에 대해 이야기해볼까 한다.

1부

동글납작한 머리

쓰다듬거나 할퀴거나

내 주위에는 항상
동물들이 있었다

인구가 6만 명 정도밖에 되지 않는 시골에서 학창 시절을 보낸 나는 어려서부터 자연스럽게 다양한 동물을 접할 수 있는 기회가 있었다. 하지만 어린 시절 내가 접할 수 있는 동물은 어른들에게 편견의 대상이거나, 목줄에 묶여 하루 종일 집을 지키는 것이 당연하거나, 도축을 목적으로 길러지는 동물이 대부분이었다. '반려'동물은커녕 '애완'동물의 개념조차도 흐릿했던 나의 유년기에 우리 집은 앙고라 품종의 토끼를 기르는 농장을 했었다. 그리고 그 농장의 옆집에는 어떤 이유인지는 모르겠지만 줄에 묶여서 항상 날뛰던 셰퍼드 개도 한 마리 있었다. 지금 돌이켜 생각해보면, 갇혀서 생활하던 공간이 너무 비좁고 산책이라는 개념도 없이 매일 하루하루를 보내던 그 개에게 인간의 방문은 너무나 반갑고 에너지를 주체할 수 없는 순간이었을 것이다. 하지만 그 마음을 알 길이 없는 다섯 살 난 나는, 그 날뛰는 모습이 너무 무서워 아버지 뒤에 숨고는 했다.

하얀 털이 보송보송한 토끼들은 아주 귀여웠다. 새끼를 막 출산했을 때 꼬물거리는 모습과 하루가 다르게 자라는 생명의 신비는 어린 나의 눈에도 경외감을 줄 정도였다. 농장에는 100여 마리의 토끼가 있었고, 아버지는 매일 같이 토끼들에게 줄 풀을 베어 오셨다. 아버지는 정성을 다해 보살폈지만, 가끔 토끼 여러 마리가 급사하는 경우도 있었다. 나중에 수의대에 가서 그 궁금증이 풀렸는데, 콕시듐증이라고 불리는 원충 감염으로 인해 여러 마리가 한꺼번에 죽었던 것이었다. 어찌되었건 아버지는 토끼의 분변에서 나오는 암모니아가 토끼들에게 영향을 끼쳤다고 생각하고 환기에 더 신경을 썼는데, 반은 맞고 반은 틀린 이유였다. 겨울철이라 환기가 되지 않아서 암모니아 농도가 올라가고, 이 때문에 스트레스를 받은 토끼의 면역력이 떨어져 콕시듐증에 취약한 상태가 된 것은 맞지만 직접적인 원인은 아니었기 때문이다.

농장을 운영한 지 2년쯤 됐을 때, 갑자기 중국에서 값싼 토끼털이 수입되기 시작했다. 더 이상 농장을 유지할 수 없어져서, 기를 수 없었던 토끼들은 토끼탕을 전문으로 하는 인근 식당에 팔려나갔다. 어린 마음에 큰 충격이었다. 어쩔 수 없는 일이라는 걸 알면서도 매일 울곤 했다.

동네에서 마당에 묶어두고 기르던 개들은 대부분 복날이 지나면 귀엽고 작은 강아지로 바뀌곤 했는데, 그 강아지가 마냥 귀여웠던 어린 나는 그 전에 있던 누렁이가 어디로 갔는지 크게 생각하지 않았다. 나중에 어른이 되고 나서야 누렁이가 어디로 갔을지 짐작만 할 뿐이었다.

밤이 되면 고양이의 울음소리에 놀라는 날들이 있었는데, 그 울음소리가 발정기 울음이고, 또 어떤 소리는 막 출산한 새끼들을 사람이 죽여 버려서 울부짖는 어미 고양이의 울음소리였다는 것을 한참이 지나서야 알게 되었다. 겨울철 날이 추워지면 임신한 고양이들이 볏짚 사이나 창고에 새끼 고양이를 낳는 경우가 종종 있었는데, 마을 어르신 중 몇은 고양이는 재수가 없다며 그 새끼를 버리기도 했다.

이처럼 어린 시절 나에게 동물이란 항상 주변에 있는 친숙한 존재였으나 '제 수명을 다해 늙어서 죽는 반려동물'은 너무도 낯선 개념이었다.

그러다 고등학교 3학년이 되어 수능시험을 준비하던 무렵, 나의 모의고사 성적은 의과대학에 진학할 수 있는 정도였다. 담임 선생님의 추천에 따라 나도 별다른 고민 없이 의과대학이나 한의학과 진학을 생각하고 있었다. 하지만 그즈음 체세포 복제와 줄기세포에 혁신적인 성과를 낸 유명 수의사가 온갖 매체를 통해 대서특필되면서, 자연스럽게 수의학과에도 관심을 가지게 되었다. 어린 시절 힘없이 죽어가던 동물들을 내가 보살피고 치료해서 오래 살게 할 수 있다는 점이 막연했던 '수의사'라는 직업에 매력을 느끼게 된 계기였다.

수능 당일 컨디션 조절에 실패한 까닭에 정작 수능점수는 모의고사에 비해 낮은 성적을 거두었고, 담임 선생님과 부모님은 재수를 권했다. 하지만 나는 떨어진 내 점수가 마침 수의대에 갈 수 있는 정도였기에 운명이라고 생각하고 수의대에 진학하기로 결정했다.

수의학이라는 분야는 배울수록 신기했고 수의대를 나와서 진출할 수 있는 분야가 내 생각보다 훨씬 다양해서 놀라곤 했다.

대학원 실험실, 공무원, 산업동물, 대동물, 야생동물, 소동물 분야가 가장 흔하게 알려진 진출 분야였다. 나는 직접적으로 동물을 접하는 분야가 나에게 더 맞는 것 같아서 임상 수의사가 되기로 마음먹었다. 임상은 다시 산업동물(닭, 돼지 등), 대동물(소), 소동물(개나 고양이) 정도로 분야가 나눠지는데 학교를 다니는 6년 동안 방학 때마다 실습을 다니며 어떤 분야가 나에게 가장 어울릴지 탐색했다. 분야별로 장단점이 있지만 결국 내가 하고 싶은 일은 동물을 살리는 데에만 집중할 수 있는 소동물 임상이라는 것을 깨달았다. 산업동물이나 대동물은 산업과 연계되기 때문에 수지타산이 맞지 않을 경우 도축이나 살처분을 선택해야 하는 순간도 있다. 이런 모습은 어린 시절 매일 죽어가던 토끼들을 떠오르게 해서 나에게는 너무 힘든 분야였다.

수련을 위해서 배울 거면 제대로 배우고 싶었다.

그래서 나는 그때까지 살던 곳을 떠나 고양이 진료로 유명한 병원을 찾아 다짜고짜 서울로 상경했다. 그 선택이 '도둑고양이'로 불렸던 '길고양이'가 더 나아가 '동네고양이'가 될 수 있도록, 인식 개선과 공존의 방법을 찾기 위해 여러 가지 활동을 하는 현재 나의 모습을 만들었다고 생각하니 기분이 묘하다. 이렇게 나는 어린 시절 동물들을 향한 안타까운 마음에서 시작하여, 더 나은 동물권을 주장하는 '수의사 김명철'이 되었다.

사랑한다는 마음만으로는 부족한 수의학 수업

수의대에 입학한 뒤 가장 놀랐던 점은 처음 2년간은 실질적인 수의학 관련 전공과목을 배우지 않는다는 점이었다. 첫 2년간 강의 시간표는 일반생물학, 분자생물학, 유기화학, 물리, 영어, 식품영양학 같은 기초과목들로 채워져 있었다. 멋진 수의사가 되겠다고 야심차게 입학했지만 어쩐지 고등학교 수업이 이어지는 느낌이었다. 당시에는 왜 당장 동물에 대해서 배우지 않는 걸까 의문이 있었지만, 시간이 흐르고 돌이켜보니 많은 수의사가 임상 수의사 외에도 앞서 언급한 기초과학 분야에서 두각을 드러내고 있다는 점에서 꼭 필요한 교육 과정이었다는 생각이 든다.

하지만 그때 나는 기초과학 분야보다는 수의 임

상에 대해서 배우고 싶다는 열의로 들끓었다. 당시 수의학과 내에는 과내 동아리가 여럿 있었는데 그중에는 임상 동아리도 포함되어 있었다.

임상에 관심이 많은 학부생이 가입하여 미리 임상에 필요한 실습을 하거나 선배 수의사의 동물병원에 관찰 실습을 할 수 있는 기회가 주어지는 동아리였다. 나는 주저 없이 임상 동아리에 가입했다. 여름방학 기간에는 현장에서 광견병 예방접종을 하는 수의 활동 실습을 할 수 있었는데, 당시 강원도 철원에서 동물병원을 운영하면서 공수의사(민간 수의사에게 가축 전염병 예방업무를 위탁하는 제도)를 하는 동아리 선배와 인연이 되어 철원으로 실습을 갔던 기억이 난다.

철원과 같이 DMZ와 가까운 곳은 야생동물을 쉽게 접할 수 있고, 이 때문에 집에서 기르는 개도 광견병이 발생할 수 있어서 매년 광견병 예방접종이 꼭 필요한 지역이다. 이를 위해 철원군에서는 예산을 따로 배정하여 백신을 제공했고 공수의사로 등록된 수의사는 마을에서 개를 기르는 모든 집을 방문해서 무료 접종을 실시했다. 이 과정을 임상 동아리원이 참여할 수 있었는데, 동물을 반려자가 아닌 처치자로서 실제로 처음 접하는 나에게는 아주 귀한 배움의 시간이었다. 책을 통해 배우는 기초과목들 사이에서 임상 동아리 활동을 통해서 얻을 수 있는, 예비 수의사로서의 실제 경험은 단비와도 같았다.

수의예과 2년이 끝나면 4년간의 본과 생활이 시작되는데 당시 선배들은 나에게 "본과가 시작되는 순간 자유로운 대학생활은 끝이야"라고 겁을 주곤 했다. 실제 본과 생활은 마치 고3 수험생으로 돌아간 것 같았다. 이 시기에 수의대생들은 방대한 양의 수의학 지식을 습득하게 된다. 매주 엄청난 양의 리포트와 발표수업, 쪽지시험 등이 쉴 틈 없이 몰아쳤다. 본과 1, 2학년 수업은 해부학, 조직학, 생화학, 생리학, 약리학, 독성학과 같은 준임상 과목들로 구성되어, 자고 먹는 시간 외에는 계속 암기를 해야 했다.

그중에서도 해부학 실습은 정말 쉽지 않은 경험이었다. 포르말린에 방부 처리된 개 사체를 이용하여 근육과 신경을 확인하고 외워야 했기 때문이다. 부위별로 근육을 한 겹씩 벗기며 각각의 근육과 인대의 연결, 뼈의 구조, 혈관 및 신경의 흐름을 직접 눈으로 보고 그 위치를 그림으로 그리고 외우는 과정은 임상의

가 되기 위한 필수적인 과정이다. 하지만 동물 사체를 처음 접하는 학생들이 가장 힘들어했던 수업이다.

임상에서 외과적 수술을 전공으로 하고 싶은 경우 특히 해부학 실습 과정을 통해 배울 것이 많다. 환부의 수술적 접근 및 수술 중 조심해야 하는 구조물을 미리 파악할 수 있기 때문이다.

조직학은 해부학에서 이어지는 미세세포의 구조에 대한 학문으로, 매주 조직슬라이드를 제작하여 현미경으로 관찰한 세포들을 직접 그림으로 그리며 각 조직 세포 특성을 공부했다. 이를테면 피부 조직 구조, 연골의 조직 구조, 뼈 조직 구조 등 각각 장기별 정상 조직을 현미경으로 관찰하고 배우는데, 이는 나중에 임상 수의사가 되어 비정상 조직(종양 조직)을 판단하는 데 꼭 필요한 과정이다.

그러는 와중에도 의학 계열 전공자라면 모두가 치를 떠는 땡시(쪽지시험, 조직 구조를 10초간 보여주고 조직의 명칭과 해당 장기를 맞추는 시험)는 매주 쉬지 않고 이어졌다. 정해진 시간 안에 미처 답을 쓰지 못하면 바로 다음 문제로 넘어가기 때문에 고민하지 않고 답을 쓸 수 있을 만큼 정확히 암기해야 했다.

그리고 개인적으로 정말 중요하다고 생각하는 생리학이라는 과목이 있다. 이 과목에서는 생명체가 살아 움직이기 위해서(항상성을 유지하기 위해서) 몸 안의 세포와 호르몬, 전해질 등이 어떠한 원리로 작용하는지, 불균형이 생겼을 때 어떤 형태로 정상화하는지 등의 원론적인 내용을 배운다. 모든 임상 수의사의 공통적인 목표가 '몸이 아픈 불균형 상태의 동물을 정상으로 돌리기 위함'이라는 점에서 아주 중요한 과목이다. 생리학에 대한 이해도가 높을수록 질병의 원리와 과정을 잘 이해하고 최적의 치료 방향을 설정할 수 있는 것이다.

특히나 신장생리학은 신장 질환이 많은 고양이에서 중요한 부분이다. 노폐물의 제거, 전해질 균형 유지, 혈압의 관리, 조혈인자의 생성 등 신장에서 맡은 기능을 배우며, 만성 신부전과 같은 질병 상태에서 어떠한 치료 방법으로 접근해야 할지 상황에 따라 어떤 약물을 활용하여 기능을 개선시키고 어떤 부작용을 주의해야 할지 더 깊은 이해도를 갖게 해준다.

본과 1, 2학년 시기에 가장 힘들었던 점은 쥐나 토끼와 같은 실험동물을 이용한 실습 시간이었다.

이 과정을 버티지 못하고 자퇴하는 수의대생도 있을 만큼 심적으로 힘든 과정이었다. 동물을 좋아하고 아끼는 마음에 수의대에 진학하여 동물을 돌보고 싶었지만, 아이러니하게도 그러기 위해서는 실험동물 실습이 필수 교과 과정이었기 때문이다. 당시 나도 실습이 있는 전날에는 학교에 가기 두려울 만큼 마음이 힘들었던 기억이 난다. 이 과정이 비윤리적이라고 생각하는 의견들이 하나둘 모여, 현재는 실제 동물을 이용하지 않고 3D 시청각 자료 교육, 더미(실제처럼 만든 모형)를 이용한 해부 실습 등으로 대체되고 있다는 점은 동물권 신장의 관점에서 고무적인 일이다. 하지만 냉정하게 말해서 수의사는 건강하고 예쁜 상태의 동물보다 생과 사의 갈림길에서 고통을 겪고 있는 동물을 대하는 경우가 많기 때문에, 단순히 동물을 좋아하고 사랑하는 마음만으로는 수의사가 되는 것을 추천하지 않는 것이 사실이다.

본과 3학년부터는 기존의 준임상 과목들에 더하여 본격적인 임상 과목들이 시작된다. 내과학, 외과학, 영상진단학, 임상병리학, 산과학, 기생충학 등 아픈 동물의 진단과 치료에 관한 과목들을 배우며 두꺼운 원서와 엄청난 양의 정보가 말 그대로 파도처럼 밀려오는 시기다. 기존의 다양한 질병 케이스를 보며 어떤 검사를 진행해야 하는지, 지금까지 검사 결과들을 보고 어떠한 질병을 진단 목록에 추가해야 하는지 등, 수의학 지식을 기반으로 한 판단 능력을 발전시키는 시기다. 좋은 수의사가 되기 위해서는 많은 양의 지식을 아는 것도 중요하지만, 현재의 케이스에 어떤 지식을 대입하여 치료 방향을 어디로 정할지, 빠르고 냉정하게 생각하는 것이 필수다.

이 시기에 방학 동안 동물병원에 실습을 가는 친구도 많았다. 배우고 있던 과목이 실제 현장에서 적용되는 모습을 경험해보고 이후 공부의 방향성을 더 탄탄하게 잡을 수 있다는 장점이 있었다. 또는 오히려 현장을 경험해보고 임상 수의사보다는 비임상 수의사로 방향을 전환하는 경우도 적지 않았는데, 이런 경우에는 검역원, 각종 반려동물 관련 회사 등으로 진로를 바꿔 미래를 준비한다.

소중했던
양돈장 실습

대부분의 학과가 그렇지만, 수의학과에서도 정규 교과 과정을 배우는 것 외에 정말 중요한 부분이 있다. 바로 졸업 후 진로에 대한 고민이다. 수의학과를 졸업하고 진출할 수 있는 분야가 워낙 다양하기 때문에, 학과생일 때에 어느 분야로 직업을 택할지 어느 정도 방향을 설정해야 한다. 보통 수의학에서 다루는 동물의 개념만 살펴보아도 대동물과 중동물, 소동물 분야로 나뉘고 또 임상과 비임상 분야로도 나뉘다 보니 분야별로 하는 일이 크게 달라진다.

수의학과 학생들은 교과 과정을 거치면서 졸업 후 어느 분야로 진출할지를 결정하기 위해 평소 관심 있던 곳으로 실습을 나가게 된다. 보통은 본과 2학년

이후의 방학 기간을 활용한다. 당시의 나는 특강으로 만난, 양돈장 관리를 전문적으로 하는 수의사 선배의 영향으로 경상남도 성주에 있는 양돈장으로 실습을 나갔다. 대규모 양돈 업체의 돈사에서 한 달간 상주하면서 실습을 할 수 있었는데, 그 규모가 어마어마해서 놀랐던 기억이 생생하다. 그 양돈장에는 2만 마리의 돼지가 사육되고 있었고, 그중 2000마리가 모돈(새끼를 낳는 목적으로 기르는 돼지)이었다. 그곳에서 호기롭게 시작한 나의 실습 생활은 생각만큼 순탄하지는 않았다.

실습을 시작한 뒤 처음 배운 것은 돈사가 운영되는 전체적인 프로세스를 익히는 것이었다. 가장 기본적으로 돼지들 밥을 주고 배변을 치우는 것부터, 새끼 돼지의 거세 및 단미(꼬리 자르기), 예방접종, 사체 부검, 항생제 투약까지 모든 과정을 경험했다. 그리고 돈사의 내부는 온도를 유지하기 위해 환기를 거의 하지 않아 숨쉬기조차 힘든 환경이기 때문에 항상 마스크를 쓰고 작업을 해야만 했다.

실습 전까지 나에게 '돼지'라는 동물은 길거리에서 쉽게 볼 수 있는 돼지고깃집 간판의 웃는 얼굴이 더 익숙했다고 해도 과언이 아니었다. 때문에 돼지를 교배시키고 출산을 돕고 새끼 돼지를 비육(살을 찌게 기르는 일)해서 출하를 돕는 과정과 그 환경은 매우 생경한 일이었다.

산업동물인 돼지를 수의사로서 접하는 일은 집에서 기르는 반려동물처럼 치료가 목적이라기보다 군집 관리에 초점을 맞추는데, 산업동물의 특성상 생산성이 가장 중요하기 때문이다. 특히나 모돈이 충분한 숫자의 새끼를 출산할 수 있도록 종자를 개량하고, 교배의 시기를 정하고 인공수정을 진행하는가 하면 태어난 새끼 돼지들이 죽지 않고 잘 자랄 수 있도록 하는 것이 핵심이었다.

이 과정에서 수의사의 가장 중요한 역할은 시기별로 필요한 예방접종을 진행하고, 만약 군집에 폐사율이 높아졌다면 그 원인이 무엇인지 환경적인 요인과 질병적인 요인을 아울러 찾고 적절한 처치를 하는 것이다. 내가 실습했던 본과 2학년 겨울방학에는 유례를 찾기 힘들 만큼 돼지호흡기 질병과 돼지유행성설사병PED이 크게 유행했던 시기였다.

질병의 심각성만큼, 농장마다 방역을 최고 단계

로 격상시켰다. 출하 직전의 돼지들이 매일같이 폐사하는 상황에, 돈사 주인과 관계자들 모두 한껏 신경이 날카로웠다. 2주 정도 돈사의 프로세스를 익힌, 나를 포함한 수의학과 실습생들은 선배 수의사를 따라다니며 죽은 돼지의 부검을 진행했다. 30센티미터 이상 되는 큰 칼을 이용해 폐사한 돼지의 장기를 확인하는 과정이었다. 병리학적으로 어떤 장기에 질병이 있는지 확인하고 필요시 채취한 샘플을 분석 의뢰하여 어떤 원인균에 의한 질병인지 확인하는 것이 나의 주 업무였다.

한 번은 위탁 돈사(새끼 돼지를 받아서 출하 직전까지 길러주는 곳)에 방문했다가 전염병 발생 확인으로 사흘간 꼼짝 없이 격리되기도 했다. 일반적인 호흡기전염병은 살균 소독을 진행하면 격리까지 하지 않아도 되지만, 당시 나와 선배 수의사가 함께 방문했던 위탁 돈사에서 확인된 PED는 치사율과 전염률이 너무 높은 전염병이었기 때문이다. 우리는 숙소로 돌아갈 수도, 다른 농장에 방문할 수도 없어 가까이에 있는 모텔로 격리되고 직원들이 가져다준 생필품과 옷을 받아 생활했다. 지금은 코로나19 때문에 방역과 격리의 개념이 대중적으로 익숙해졌지만, 그 당시만 하더라도 흔하지 않은 개념이었기 때문에 매우 당황했던 기억이 난다.

격리가 끝나고 다시 업무로 돌아간 나는 돼지들의 2차 세균 감염 관리를 위해 항생제를 투약하는 업무를 본격적으로 하게 되었다. 하루 평균 300마리 이상의 돼지에 주사를 놓는 일은 다시 떠올려 봐도 고된 일이었다.

아무튼, 나에게 다사다난했던 실습의 결론은 돼지 전문 수의사라는 분야로는 가지 않겠다는 다짐이었다. 나와 함께 실습을 했던 동기 중 한 명은 적성과 맞아 현재도 돼지 전문 수의사로 일하고 있다. 내가 돼지 전문 수의사의 길을 가지 않겠다고 결심한 것은 단순히 일이 힘들고 고되기 때문이 아니라, 개체별 치료나 관리가 아닌 군집 관리의 업무가 나와 맞지 않다고 생각했기 때문이다. 물론 군집의 질병 파악과 약물 관리 등은 매우 흥미로웠지만, 한 마리 개체의 생명을 살리기 위해 질병을 진단하고 치료하는 소동물 임상 수의사 실습이 나에게 조금 더 만족감을 주는 경험이었다.

이런 판단을 내릴 수 있게 해준 실습의 경험은 아주 값진 것이었다. 대학교를 다니는 동안 소동물 임상 수의사가 되겠다고 결심했던 것이 아니라, 실습 과정과 이후 공중방역 수의사 경험을 통해 진로를 결정한 나와 같은 케이스에게는 말이다. 이런 과정을 거쳐 고민하고 선택한 분야이기 때문에 각자의 분야에서 더 책임감을 가지고 열심히 일할 수 있는 것 아닐까?

소가 나를 노려본다. 싸늘하다. 식은땀이 흐른다.

원래대로라면 내가 축사 안으로 들어가 몰기 시작하면 소는 꼬리를 보이고 달아나야 한다. 하지만 지금 소가 꼼짝 않고 나를 노려보고 있다. 뭔가 잘못됐다. 지금부터 문제는 '어떻게 다치지 않고 축사를 빠져나가느냐'이다.

수의대 6년을 졸업하고 나면 남자 수의사들은 대체복무의 일환으로 공중방역 수의사나 수의장교로 근무가 가능하다. 수의장교로 근무하면 군대에서 식품 검역 및 방역 업무를 담당한다. 수의장교가 군견 등 동물 관련 진료만 볼 거라고 생각한 사람에게는 의아한 상황일 것이다. 사실 수의대에서는 동물의 진료나 치료뿐만 아니라 공중보건학을 배우고 전염병 관리와 각 식품 원료의 신선 상태 및 식중독 유발 상황 등에 대해서도 다룬다.

전체 인원 중 지원자로 20퍼센트 정도가 수의장교로 발탁되고 나면 나머지 인원은 공중방역 수의사로 배치되어 각 시·군, 검역원, 시도 산하의 축산기술연구소, 보건환경연구원 등에서 근무를 시작하게 된다. 신분은 농림부 산하의 계약직 공무원인데 내가 근무를 시작했던 당시는 공중방역 수의사 제도가 생긴 지 2년밖에 되지 않아서 공중방역 수의사의 신분이 정립되기도 전이었다. 이 때문에 초기에 시·군으로 배치를 받은 수의사들은 월급을 많이 받는 공익근무요원 정도로 오해받는 일이 부지기수였다. 하지만 기수가 지날수록 인식이 개선되어 현재는 가축전염병을 살피고 관리하는 주무관으로 자리를 잡아 대한민국 가축방역에 없어서는 안 되는 전문 인력이 되었다.

내가 처음 발령을 받은 곳은 전라남도 축산기술연구소라는 곳이었는데, 전라남도 전체의 가축방역을 담당하는 도 산하의 기관이었다. 이 중에서도 내가 근무했던 본소는 아홉 개 관할 시군을 관리하고 50명 정도의 수의사가 방역과와 검사과로 나뉘어 업무를 진행했다. 방역과에서 소결핵, 소브루셀라병, 사슴결핵, 조류독감 등 발생 농가를 관리하면서 농가가 성공적으로 전염병에서 벗어날 수 있도록 관리 감독하는 것이 나의 주요 업무였다. 이를 위해서는 주 5일 중 4일 정도는 출장을 가야 했는데, 대부분 축사에 직접 들어가 소를 대면해야 하는 일이었다.

소결핵을 진단하기 위해서는 소의 몸체와 꼬리가 만나는 부위에 투베르쿨린 주사액을 투약하고 2~3일 뒤 주사 부위가 붓는지 확인하는 투베르쿨린 반응 검사가 필요하다. 그리고 이 반응에서 양성으로 확인된 개체에는 살처분 통보를 내리고 해당 농가에 대한 역학조사를 함께 진행하게 된다. 감염 개체가 어디에서 유입되었는지, 최근 농가에서 다른 농가로 이동한 개체가 있는지 확인하여 최초 발병지를 파악하는 일은 추후 추가 발생 예방을 위해 꼭 필요한 과정이다. 특히 소결핵은 사람에게도 전염이 가능한 인수공통전염병이므로 철저한 관리가 필요하다. 이외에도 사람에서 몸살감기 증상을 유발할 수 있는 소부르셀라병 양성 농가의 역학조사와 농가에서 함께 기르던 가축 채혈 또한 나의 출장 업무 중 하나였다.

평소 우리가 접할 수 있는 개나 고양이는 사람 소아의 혈관 정도의 요골측피부정맥을 이용하여 채혈한다. 이에 비해 소들은 꼬리(미정맥)에서 엄청나게 큰 주사기(10ml)를 이용하여 채혈을 한다. 혈관을 눈으로 보며 채혈하는 것도 아니고 감으로 꼬리 중앙 밑을 수직으로 푹 찔러 채혈해야 되는데 이게 생각처럼 쉽지가 않아서 초반에는 모두 애를 많이 먹는다.

"자 왼손으로 소꼬리를 잡아 올리고 기마 자세에서 꼬리 중앙을 푹 찔러. 너무 깊어도 안 되고 너무 얕아도 안 돼. 소가 좌우로 엉덩이를 흔들면 채혈하는 손은 잠깐 놓고, 안 그럼 바늘 휘어진다."

"자 봐봐, 이렇게 주사기 바늘 끝에 혈액 고이면 혈관 잘 찌른 거니까 살살 퇴축하면서 5밀리리터 이상 뽑으면 된다."

업무 초반 나의 사수는 마치 밥 아저씨가 그림을 그리면서 "참 쉽죠"라고 하는 것처럼 채혈 방법을 지도해주었다.

500킬로그램이 넘는 소의 뿔에 줄을 걸어서 묶고, 좌우로 흔드는 엉덩이에 장단을 맞춰 팔뚝만 한 꼬리를 제압하며 채혈하는 일에 익숙해지기까지 꽤나 애를 먹었다. 그러나 사람은 적응의 동물이라고 했던가. 이내 소 채혈에 익숙해진 나는 하루에 수십 마리도 채혈할 수 있을 만큼 능숙해졌다.

그렇게 매일 안전화와 방역복을 입고 축사를 누비며 좌우로 휘몰아치는 소꼬리에 안경이 날아가는 나날이 반복됐다. 소꼬리는 가공할 만큼 강한데, 꼬리에 엉겨 붙은 딱딱한 분변 덩어리에 맞고 뇌진탕 사고가 난 적이 있을 정도로 위협적이다.

이렇게 힘들게 수집한 혈액으로 실험실에서 검사를 진행하여 추가 양성 개체를 확인하고 살처분하는 과정을 통해 더 이상의 양성 가축이 남아 있지 않을 때 양성 농가 해제를 통보할 수 있다. 양성 관리 농장에서 더 이상 양성 개체가 확인되지 않아 음성 농가가 되었을 때는 언제나 마음이 참 좋았다. 그 과정에서 경제적으로 치명타를 맞는 질병 발생 농가와 살처분해야 하는 소들의 커다란 눈망울을 가까이에서 지켜볼 수밖에 없는 위치이기 때문에 더욱 그랬던 것 같다.

공중방역 수의사 복무 기간은 공무원으로 근무하는 수의사들의 삶과 밀접히 맞닿아 있는 기간이었다. 공무원으로서 수의사는 가축전염병 및 인수공통전염병을 관리하여 축산업의 안전과 더 나아가 국민의 안전을 지키는 최일선에서 업무들을 수행하고 있었다. 검사과의 경우 사람이 먹었을 때 문제가 될 수 있는 개체들을 도축장에서 선별 폐기하고 주기적으로 농가별 우유 시료의 안전성도 확인했다. 직접적인 아픈 가축의 질병 케어보다는 방역 업무를 통해 질병이 번지는 것을 막고 사람들에게 질병이 전파되는 상황이 생기지 않도록 미리 예방 관리하는 것이 가장 큰 업무의 축이었고, 그렇다 보니 예상할 수 없는 비상 상황도 자주 발생했다.

소집해제를 앞뒀던 해는 가히 최악의 해라고 할 수 있었다. 구제역 청정국가였던 국내에 구제역이 발생했고 엎친 데 덮친 격으로 고병원성 조류독감까지 같은 시기에 터졌던 것이다. 크리스마스이브에 본소 전체 인원 중 3분의 1 정도가 경북 예천으로 구제역 예방접종 실시를 위해 파견되었다. 전시 상황을 방불

케 하는 그때의 도시 분위기를 잊지 못한다. 소 밀집 사육 지역이었기 때문에 상황이 매우 심각했고 타 여러 시군에서 파견된 팀들이 지역을 나눠 일주일간 예방접종을 진행했다. 한겨울 눈은 속절없이 내렸고 영하 15도의 날씨에 백신이 얼지 않게 품에 안으며 예방접종을 진행했다. 그렇게 치열한 일주일이 지나고 새해가 밝은 1월 1일, 목표 접종을 다 끝내고 전라도로 돌아오는 길이었다. 아, 이제 다 끝났다. 다행이다. 속으로 생각하던 찰나 차 안에 전화벨 소리가 울려 퍼졌다.

"전남 나주에서 고병원성 조류독감이 발생했다."

차 안의 모두가 일제히 탄식을 내뱉었다. 이 시기에 시군 방역 담당 수의사 중에 과로사한 선배님도 있었고, 함께 근무하던 수의사 선생님들 중에도 건강이 상한 분이 많았다.

기본 업무 수행을 기준으로 구성된 소규모 인원으로 끝없이 발생하는 추가 상황을 처리하는 데는 턱없이 모자랐다. 지금은 다행히 구성원을 지속적으로 늘려 미리 상황 대처 능력을 늘린다고 하니 정말 다행이다.

그 힘든 시기를 모두 넘기고 소집해제 한 달 전, 웃으며 나갔던 출장지에서 사건이 일어나고 말았다. 축사 전체의 소들을 채혈할 때에는 소를 한 마리씩 보정(진료시 동물이 움직이지 못하게 잡아두는 것)하지 않고 양측 펜스를 이용하여 한쪽에 몰아넣어서 여러 마리를 한꺼번에 보정한다. 소를 일렬로 세우고 양측 펜스로 압박하기 위해서는 함께 일하는 멤버의 손발이 잘 맞아야 부상을 피할 수 있다. 하지만 그날은 처음 손발 맞추는 멤버와 일을 하게 됐다. 펜스와 펜스를 고정하기 위해 밧줄로 연결한 후 조이는 작업을 하면서 소들을 정렬한다. 그러면서 동시에 사람이 소를 몰면서 펜스를 반대편으로 밀어붙여야 한다. 이 과정에서 소 한 마리가 날뛰었고 하필 줄이 튼튼하게 고정되어 있지 않아서 온 힘을 다해 펜스를 밀던 내 어깨는 소가 치는 힘에 속절없이 '퉁' 빠져버렸다. 충격과 함께 왼쪽 팔이 잘 움직이지 않았다. 시간이 지나면 괜찮아질 거라 생각했지만 다음 날 어깨는 붓고 올라가지도 않았다. MRI 검사가 진행되었고 어깨 부위에 심한 염증이 확인되어, 결국 좌측 어깨 수술을 받아야만 했다.

그 전까지 진지하게 대동물 임상도 고려를 했던 나는 이 일을 계기로 나의 미래 수의사 업무 중에 대동물 임상과 공무원 수의사라는 직업을 포기하게 됐다.

2부

솜뭉치 발

수의사와 고양이의 미묘한 사이

고양이가 있었는데요,

없습니다

임상 수의사로서 동물병원에 첫 출근한 날, 하루 일과를 끝내고 퇴근 후 침대에 누워 가장 먼저 머리에 떠오른 생각은 '지금이라도 그만둘까?'와 '난 왜 이렇게 바보 같을까?'였다.

수의과 대학 6년 내내 때 배운 지식과 실습을 통해 습득했던 것들은 어느덧 안드로메다 성운에 우주 쓰레기로 폐기해버린 듯 머리는 백지 상태인데, 나의 도움을 필요로 하는 개와 고양이들이 하염없이 나를 바라보고 있었다. 능숙하게 채혈을 하고 처치, 수술을 하는 선배 수의사들 사이에서 나는 흔한 처치 도구 이름 하나 말하기도 익숙지 않은 나날이었다.

내가 처음 근무를 했던 병원은 전체 내원 동물 중

고양이의 비율이 높았던 까닭에, 고양이 보정은 특히나 중요한 파트였다. 고양이는 극도로 예민하기 때문에, 보정하는 사람의 숙련도에 따라 진료의 진행 여부가 결정되는 경우가 많기 때문이다.

내가 처음으로 채혈이 필요한 환묘를 보정했던 날은 아직도 잊을 수가 없다. 보정을 하던 중 잔뜩 못마땅해진 환묘가 발버둥치며 도망쳐 채혈에 실패한 것이다. 당시 나는, 주로 소나 돼지와 같은 대동물 농가를 관리하고 처치하는 공중방역 수의사로 3년간 대체복무를 막 마친 터라 대동물을 다루는 데만 익숙해져 있었다.

그런 내가 소 몸무게의 100분의 1도 되지 않는, 심지어 예민한 동물인 고양이를 보정했으니, 나름 힘을 뺀다고 뺐지만 고양이 입장에서는 아주 불편했을 것이다. 가뜩이나 영역 동물인 고양이는 개와는 달리 동물병원에 오는 일 자체가 엄청난 스트레스인데, 익숙지 않은 손길이 닿자 있는 힘껏 방어적 공격성을 보인 것이다.

공중방역 수의사 시절 1톤에 가까운 소들도 능숙하게 보정하고 채혈을 했던 나인데, 고양이라는 이

조그마한 생명체 앞에서 쩔쩔매는 꼴이라니. 만약 쥐구멍이 있다면 숨고 싶었다. 고양이 보정이 강아지에 비해 훨씬 어려운 이유는 강한 힘만으로는 보정이 되지 않기 때문이다. 강아지의 경우 대부분 힘으로 제압이 되지만 고양이는 너무 강하게 잡으려고 하면 작용/반작용처럼 오히려 반발이 더 심해져서 필요한 처치를 못하는 경우가 많다. 고양이를 보정할 때에는 커다란 타월을 이용해서 고양이 몸의 무게중심을 따라가며 효과적으로 움직임을 차단하면서도 강하게 속박당한다는 느낌은 주지 않아야 한다. 그러기 때문에 능숙해지기까지 시간이 많이 소요될뿐더러 여러 번 실패할 수밖에 없는 것이다. 나 또한, 수많은 고양이에게 수없이 물리고 할퀴을 당한 뒤에야 현재처럼 여유 있고 확실한 보정을 할 수 있게 되었다.

그렇게 매일같이 실패를 겪으며 진료의 가장 기본적인 스킬들을 익히고 난 뒤에는 초보 수의사에게도 실제 진료를 볼 수 있는 날이 다가온다. 보통은 예방접종과 간단한 귀/피부 진료의 기회가 주어지는데, 사전에 예방접종의 프로토콜, 어린 나이에 발병 가능한 귀/피부 질환에 대해 자료를 준비한 다음, 선배 수의사들 앞에서 발표를 한다. 이때 선배 수의사들은 호락호락하지 않은 보호자로 빙의라도 한 듯, 어렵고 짓궂은 질문들을 쏟아내기 마련이다. 모든 것이 예측 불가능한 실제 진료 상황으로부터 초보 수의사를 대비시키기 위한 과정이지만, 평가의 대상이 된 나에게는 아주 곤혹스러운 자리가 아닐 수 없었다. 나는 처음 맡게 될 진료 예약이 잡힌 후 몇 날 며칠간을 밤을 새며 준비하고 또 준비했다. 나중에 알게 된 사실이지만, 이 진료 시뮬레이션 테스트를 한 번에 통과한 인턴 수의사는 많지 않았다고 한다.

이 모든 과정을 거쳐 퀭한 눈을 하고 잔뜩 긴장해서 딱딱한 몸으로 처음으로 들어가게 된 진료! 아직도 그날이 생생하게 떠오른다.

'설탕'이라는 2개월령 고양이가 예방접종을 하러 온 케이스였다. 예방접종에 대해서라면 며칠간 마르고 닳도록 외우고 준비했던 터라 나름 자신이 있다고 생각했지만, 실제 진료는 정말 예상할 수 없는 것이었다. 하필 설탕이는 앞다리에 탈모와 각질도 있어서 단순 접종 진료가 아니었던 것이다. 설탕이의 보호자가 탈모와 각질에 대해 나에게 질문하자 나는 최대한 포커페이스를 유지하려고 노력했으나 머릿속은 아주 복잡해졌다. 그리고 대학에서 배웠던 탈모와 각질 관련된 모든 지식을 총동원하여 무슨 정신인지도 모르는 상태로 진료를 보았다. 진료를 마치고 진료실 문을 닫고 나온 순간 20시간 행군을 한 것처럼 다리에 힘이 쫙 풀리는 기분이 들었다. '내가 잘한 걸까? 보호자가 궁금해한 부분에 답변이 충분히 되었을까?' 온갖 생각이 내 머릿속을 헤집고 다녔다. 그렇게 접종과 피부병 처치를 마친 설탕이와 보호자가 진료실을 떠난 뒤 데스크에서 연락이 왔다.

"선생님, 설탕이 보호자께서 다음부터는 선생님을 주치의로 지정 진료를 받고 싶으시대요!"

그 순간에 느낀 감정은 10여 년이 지난 지금도 생생하게 남아 있을 정도로 벅찬 감동이었다.

그렇게 조금씩 임상 수의사로서 경험을 쌓아가며 이제 조금은 임상 수의사로서의 삶이 익숙해졌다고 자부하던 때 '그 일'이 벌어지고 말았다. 24시간 병원이었던 나의 첫 병원은 그날 야간 근무를 하는 수의사가 입원해 있는 모든 동물 환자를 밤새 돌보고 아침에 출근하는 수의사들에게 인수인계를 하는 시스템이었다. 그날은 내가 야간 근무를 한 날이었고, 나는 정상적으로 근무와 인수인계를 잘 마치고 퇴근했다. 아니, 잘 마쳤다고 믿고 퇴근했다. 지친 몸으로 집에 들어와 씻고 침대에 막 몸을 뉘였을 때, 병원에서 급한 전화가 왔다.

"선생님, 입원해 있던 '순이'가 없어졌어요!"

그 말을 듣자마자 몽롱했던 머릿속이 찬물을 맞은 것처럼 또렷해지고 온갖 생각이 나를 스쳤다. '분명히 입원장 문이 잠긴 것을 모두 확인했는데! 분명히 새벽 5시 마지막 처치를 했을 때에는 멀쩡하게 있던 순이가 어디로 간 거야!' 나는 정신없이 다시 병원으로 향했다. CCTV를 돌려보며 순이의 행적을 쫓던 중, 충격적인 화면을 봤다. 순이가 입원장 문 아래 작은 공간으로 손을 뻗어 걸쇠 형태였던 입원장의 시건장치를 툭툭 쳐서 문을 연 것이다. 지금 생각해도 정말 똑똑한 아이다. 나는 순이를 과소평가한 것이다.

순이가 입원장을 스스로 열고 뛰어내리는 장면이 CCTV에 포착되었으나 아예 바깥으로 나가는 문은 잠겨 있어서 밖으로 나올 수는 없었을 것이다. 그렇다면 병원 내부 어딘가에 숨어 있을 텐데, 아무리 찾아도 도저히 순이를 찾을 수 없었다. 그렇게 몇 시간째 순이를 찾다가, 고양이가 들어갈 수 있을 것이라고는 상상하지 않았던 입원장 하단의 작은 틈이 보였다. '혹시?'라는 생각이 머리를 스쳐 지나가고 결국 입원장 전체를 들어낸 순간 혹시 했던 마음은 역시로 바뀌었다. 4킬로그램의 순이는 10센티미터도 채 되지 않는 작은 틈을 비집고 들어가 최선을 다해 숨죽여 숨어 있었던 것이다. 10년 감수라는 표현이 이보다 더 어울릴 수 있을까? 다른 병원의 수의사 친구로부터 전해 들은 환기구로 탈출한 고양이 일화를 나와는 거리가 먼 전설쯤으로 여기고 있었는데, 아뿔싸, 이런 일은 임상 수의사에게는 현실이자 일상이었다. 만약 순이가 환풍구나 천장으로 들어갔다면 어땠을까 지금도 생각하면 가슴이 철렁한다.

어서 와,
동물병원은 처음이지?

처음이라는 단어는 낯설고 긴장됨은 물론 설렘과 기대감까지, 많은 것을 함축한다. 누구에게든, 어떤 일이든 처음은 있고 수의사로서 나에게도 당연히 '처음'이 있었다.

6년간의 대학생활을 마치고 처음 임상 수의사로 일을 시작했던 시기의 나는 매일이 낯설고 바짝 긴장해 있었다. 학부에서 많은 지식을 배웠지만 경험은 처음이었기 때문에 나의 실수로 또는 경험 부족으로 아픈 환자를 치료할 타이밍을 놓칠까 봐 항상 조마조마했다. 지금 돌이켜보면 피식 웃음이 나거나 또는 지금 생각해도 가슴이 철렁한 경험도 더러 있다. 그 중 오래도록 기억에 남는 일들에 대해 이야기해보고

자 한다. 다시금 그 상황이 된다고 하더라도 고민이 될 것 같은 그런 상황 말이다.

처음 임상 수의사로서 주치의를 맡은 환묘 중 '모찌'라는 고양이가 있었다. 모찌는 호전적인 성격이지만 병원 내 동물보건사들이나 수의사들과도 곧잘 교감하곤 하는 고양이였다. 보호자가 처음 모찌를 입양한 이후로 줄곧 내가 주치의였기 때문에, 모찌의 첫 접종부터 구충까지 맡아서 했었다. 모찌는 병원이라는 공간에도 친숙한 편이어서 보호자가 하루 이상 집을 비울 경우 동물병원에 호텔링을 맡기곤 했다. 하지만 호텔링을 맡기고 나서도 하루에 한 번씩은 꼭 동물병원에 연락해서 모찌의 안부를 묻는 다정한 보호자였다.

그러던 어느 날, 모찌의 보호자는 여느 때와 다르지 않게 동물병원에 들러 모찌를 맡겼다. 4박 5일간 해외로 여름휴가를 가게 되었다며 모찌의 호텔링을 맡기고는, 요즘 모찌 귀에 귀지가 잘 생기니 잘 부탁한다는 당부의 말도 잊지 않았다. 모찌의 귀에서 가벼운 외이도염이 확인되어 귀청소를 하고 보호자가 돌아오는 날까지 먹는 약으로 관리하기로 했다. 그렇게 4박 5일이 지나 보호자가 돌아오기로 한 날, 모찌의 귀는 깨끗해졌지만 보호자는 내원하지 않았다. 처음 있는 일이었기 때문에 당황했던 기억이 난다. 그리고 그다음 날, 보호자에게서 연락이 왔다. 일정이 생각보다 길어져 2~3일 더 병원에서 돌봐달라는 것이었다. 나는 알겠다고 하며, "모찌 귀 상태는 거의 다 좋아졌어요. 그래도 약은 조금 더 먹는 게 좋을 것 같으니 돌아오시는 날까지 연장해서 먹이겠습니다"라고 한 뒤 전화를 끊었다.

하지만 보호자가 돌아오기로 한 3일이 더 지나고, 또 하루가, 또 3일이 더 지나도 보호자는 병원에 오지 않고 이제는 전화 연결조차 되지 않았다. 혹시나 보호자의 신변에 문제가 생긴 건 아닌지 걱정이 되기 시작했다. 그렇게 약속한 날로부터 일주일이 더 지나고 나서야 드디어 보호자와 연락이 닿았다. 사정이 생겨서 일주일 정도가 더 지나야 모찌를 데리러 올 수 있다고 했다. 이전에는 단 한 번도 이런 적이 없었던 보호자였기 때문에 무언가 이상했지만 알겠다고 하고 전화를 끊었다. 호텔링 기간이 길어지니 모찌가

답답할 것 같아 더 넓은 공간으로 옮겨 생활하게 해 주었다.

약속된 일주일이 지나고, 보호자에게서 또 한 번의 연락이 왔다. 조금은 다급한 목소리로 자기가 한국으로 돌아가려고 하는데 일이 생겨서 돌아갈 비행기 푯값이 없으니 40만 원만 계좌로 보내주면 당장 내일 귀국해서 모찌를 찾으러 오겠다는 것이었다. 나는 다급한 목소리에 바로 전달받은 계좌로 돈을 보냈다. 그렇게라도 해서 보호자가 무사히 한국에 돌아와 모찌를 데려가는 게 우선이라고 생각했다. 돈을 보내고 이제 모찌도 괜찮겠지 생각하며 조금은 안심을 했다. 그러나 안타깝게도 돈을 빌리던 그 전화가 보호자와의 마지막 연락이었다. 동물병원에 오는 보호자 중에 각종 사연으로 동물병원에 돈을 빌리는 경우가 종종 있다는 사실을 나중에 연차가 쌓이며 알게 되었다. 그렇게 모찌는 졸지에 '병원냥이'가 되었고, 1년이 넘게 병원에서 생활하다가 지인의 집으로 입양을 갈 수 있었다.

이후 그 보호자와 연락이 닿지 않았기 때문에 어떤 사연이 있었는지 나는 아직도 알지 못한다. 하지만 보호자와 비슷한 모습의 다른 사람만 봐도 보호자인가 싶어서 쪼르르 뛰어나오던 모찌의 모습은 10년이 넘게 지난 지금도 선명하게 떠오른다. 이후의 나는 조금 더 냉철하게 보호자와 상황을 객관적으로 보려고 노력하게 되었다.

이후 모찌는 입양 간 집에서 행복하게 살다가 무지개다리를 건넜다. 모쪼록 보호자 분도 잘 지내고 있기를 바라는 마음이다.

반면, 초보 수의사여서 일이 더 잘 풀린 경우도 있었다. 6개월간 식욕은 있는데 먹기만 하면 계속 토를 하는 고양이 '옥희'가 병원에 온 적이 있었다. 주간 진료였다면 보통 3~4년차 이상의 수의사가 보는 정도의 진료였는데, 야간으로 내원한 터라 1년차 수의사인 내가 진료를 보게 되었다. 옥희 보호자는 다른 병원에서 찍어온 엑스레이 사진을 보여주었는데, 보자마자 멘탈이 무너지는 것 같았다. 옥희가 병원에서 크게 사나워지는 터라 병원을 서너 군데 갔지만 지금까지 엑스레이 찍기에 계속해서 실패했다며 그나마 한 장 성공한 엑스레이 사진이었는데, 그 엑스레이 사진조차 옥희가 발버둥치는 통에 너무 흔들려서 고양이인지 형태조차 희미한 사진이었다.

일단 옥희를 입원시키기로 하고, 다른 동물병원에서 선배 수의사들도 엑스레이 촬영을 어려워한 옥희를 초보 수의사인 내가 평소 찍던 대로 찍을 수는 없겠다고 일찌감치 판단했다. 나는 옥희와 친해지는 게 우선이라고 생각했다. 일단은 입원실 불을 껐다. 검사와 처치는 일단 미뤄두고 옥희가 그나마 소화시킬 수 있다는 액상 간식을 주며 내 냄새와 손길에 익숙해지게 했다. 그러고는 계속해서 옥희의 이름을 불러주며 동태를 살폈다. 만약 고양이 보정에 익숙한, 경험이 많은 수의사라면 그런 과정보다 검사가 우선이라고 판단해서 바로 검사를 진행했을 것이다. 그러나 스스로 미숙함을 너무 잘 알고 있었던 당시의 나는 옥희에게 먼저 조금 더 시간을 주는 쪽을 택했다.

그렇게 몇 시간이 지나자 옥희는 더 이상 나에게 으르렁거리지 않았고, 오히려 조금 편해 보이기까지 했다. 그때서야 엑스레이 촬영과 각종 검사를 진행했다. 다음 날, 보호자는 처음으로 제대로 나온 엑스레이 사진을 보고 깜짝 놀랐다. 그리고 옥희의 위 속에 있는 비닐봉지 한 뭉텅이를 보고는 더욱 크게 놀랐다. 알고 보니 보호자가 옷 도소매업을 하고 있어서 집에 비닐봉지가 흔히 굴러다녔는데, 옥희가 그것을 조금씩 먹다가 위에 정체되어 있었던 것이다. 옥희는 바로 수술을 진행해서 비닐봉지를 몸에서 제거하고 건강을 되찾을 수 있었다.

수술 후 옥희가 퇴원하는 날, 옥희가 왜 자꾸 토를 하고 살이 점점 빠지는지 이유를 알지 못해 반 년 가까이 안타까워하던 보호자가 마냥 기뻐하는 모습을 보니 마음이 너무 좋았다. 초보여서 망설이고 초보여서 더 신중할 수 있었던 그 선택이 수월한 검사를 할 수 있었던 치트키가 되었다. 이후 나는 고양이의 검사를 서두르지 않는다. 응급 상황이 아니라면, 너무 예민해진 고양이라면 안정제를 처방하고 다른 날로 검사를 연기하는 경우도 종종 있다. 쫄보 인턴의 신중함이 오히려 고양이에게는 득이 될 수 있다는 것을 경험했으니까!

초보 집사는 허둥지둥, 고양이는 어리둥절

"선생님! 선생님! 우리 집 고양이가 유방암에 걸린 것 같아요. 고양이는 유방암 걸리면 다 죽는다는데 어떡해요?"

눈물범벅이 되어 병원으로 달려온 보호자를 달래며 자초지종을 들었다.

"아침에 고양이 배를 만지다 보니 이상한 게 만져져요. 인터넷에서 찾아보니 배 쪽에 뭐가 나면 유선종양이고 고양이가 유선종양이면 대부분 암이라서 거의 죽는다면서요."

보호자 눈망울에 눈물이 그렁그렁하다. 보호자가 말한 내용이 수의학적으로 모두 틀린 말은 아니기에 나도 조금은 무거운 마음으로 상황을 파악했다.

"어느 쪽에서 만지신 거죠?"

보호자는 아랫배 오른쪽이라고 답했다. 촉진을 위해 고양이를 잡으려 해보지만, 겁이 많은 고양이는 보호자의 품으로 파고들며 이리저리 몸을 피한다. 그러다 우연히 내 눈에 들어온 빈 땅콩 주머니(중성화된 수컷고양이의 빈 음낭). 헛것을 보았나 싶어 차트를 살펴보니 아니나 다를까, 이 고양이는 한 살이 갓 넘은 수컷 고양이였다. 무거웠던 마음이 순간 가벼워졌다.

보호자가 우려했던 유선종양은 대부분 암컷 고양이에게서 발병하여 수컷 고양이가 걸리는 경우는 극히 드물고, 특히나 한 살 된 수컷 고양이에게서 발병할 가능성은 아주 희박하다.

아무리 촉진을 해봐도 특별한 구조물이 확인되지 않아 보호자에게 직접 이상한 부분을 찾아달라고 했다. 역시나 보호자가 가리킨 곳은 앙증맞은 수컷 고양이의 젖꼭지이다.

"보호자 님, 이건 그냥 젖꼭지인데요."

"아니에요, 선생님. 이게 젖꼭지면 반대편에도 똑같은 게 있어야 하는데 반대편에는 아무것도 없단 말이에요."

"음, 고양이는 간혹 젖꼭지가 홀수로 있기도 합니다. 사람처럼 꼭 짝을 맞춰서 있지는 않아요."

보호자는 한참이나 말을 잇지 못한 채 나와 고양이를 번갈아 쳐다보다가 눈물이 채 가시지 않은 눈으로 까르르 웃었다.

"아, 그렇구나. 정말 놀랐어요. 우리 고양이 유선종양일까 봐 너무너무 걱정했는데, 정말 다행이에요. 정말 감사합니다."

보호자와 고양이를 돌려보내고 나서 진료실에 앉으니 예전에 있었던 일이 떠올라 피식 웃음이 나왔다.

야간 당직을 서고 있을 때 한 보호자가 호흡 곤란 증세를 보이는 새끼 고양이를 안고 뛰어 들어왔다. 진료실에서 가쁘게 숨을 몰아쉬는 고양이를 보고 나도 놀라서 급하게 엑스레이 사진을 찍었다. 새끼 고양이는 가벼운 감기가 갑자기 폐렴으로 진행되는 경우가 있어서 걱정이 앞섰다. 조마조마한 마음으로 엑스레이 사진을 보니 다행히 걱정했던 폐렴은 아니었다. 그냥 과식이었다. 흉강이 눌려 압박을 받을 만큼 사료를 많이 먹은 것이다. 길에서 구조하여 집에 데려온 지 이틀밖에 되지 않은 고양이가 너무 배고파하기에 실컷 사료를 주었다는 보호자 이야기에 웃음이 나면서도, 얼마나 배고팠으면 새끼 고양이가 그렇게 많이 먹었을까 싶어 안쓰럽기도 했던 '웃픈' 기억이다.

"배탈이 나서 토하거나 설사할 수 있으니 당분간 소량으로 여러 번 나눠 사료를 주시는 게 좋을 것 같네요."

보호자는 하루 적정 사료 급여량을 물어보고 일주일 뒤 예방접종을 하러 오겠다는 이야기를 남기고 떠났다. 그때 만났던 고양이는 지금은 열 살이 넘는 할아버지 고양이가 됐다. 손바닥만 한 몸에 배만 볼록 튀어나와 있던 그 새끼 고양이가 지금은 6킬로그램이 넘는 커다란 고양이가 된 걸 보면 격세지감, 세월이 이렇게 흐르는구나 싶다.

초보 수의사가 첫 진료를 볼 때 막막한 것만큼이나 초보 집사인 보호자도 많은 것이 너무 어렵고 어떻게 해야 할지 모르겠는 상황이 많을 것이다. 특히나 입양을 준비한 기간이 짧거나 갑작스럽게 입양한 경우라면 더더욱 그렇다. 나름대로 많이 공부하고 입양했다고 생각한 보호자도 글과 인터넷으로 배운 지식과 현실 반려 생활에서 생긴 괴리로 어려움을 겪는 경우가 많다. 일례로 고양이가 기분이 좋을 때 골골거리는 소리를 낸다는 것을 지식으로 알아도 실제로 처음 듣는 낯선 소리에 호흡 이상으로 오해하여 병원을 찾는 보호자가 적지 않다.

누구에게나 처음은 어렵고 부담스럽다. 하지만 동시에 새로운 기쁨과 설렘을 가득 담은 단어이기도 하다. 오늘도 초보 집사에서 베테랑 집사가 되기 위해 필연적으로 겪어야 할 경험치를 쌓고 있는 모든 집사를 응원한다.

별일 없던
야간 당직의 추억

"오늘 야간에는 무슨 일로 입원 환자도 없고 응급 내원도 없네요."

나의 말에 야간 동물보건사의 눈이 휘둥그레 커졌다.

"선생님, 그 말은 절대 하면 안 되는 금기어예요."

그 순간 거짓말처럼 울리는 전화벨 소리.

"안녕하세요, ○○동물병원입니다."

"지금 저희 집 강아지 '푸름이'가 목욕을 시키다 잠깐 전화 통화하고 돌아와 보니 물에 빠져서 허우적거리고 있었어요. 숨쉬기를 힘들어하는데 지금 바로 병원으로 가도 될까요? 10분 정도면 도착할 것 같습니다."

다급한 분위기가 수화기 너머로 느껴졌다. 조금 전 내뱉은 말을 원망할 새도 없이 산소방과 응급약물을 준비하기 위해 분주해진다. 얼마 지나지 않아 도착한 푸름이는 의식은 있었지만 저체온증과 호흡곤란을 호소하고 있었고 엑스레이 사진상으로도 폐에 물이 가득했다. 일반적으로 보호자가 잠시 자리를 비웠다고 해서 강아지가 물에 빠져 폐에까지 물이 차는 것은 쉽지 않다. 추론해볼 만한 경우는, 강아지가 보호자가 잠시 자리를 비운 동안 순간적으로 의식을 잃을 만한 사건이 있었는지의 여부였다. 하지만 당장 폐 상태를 정상으로 회복시키고, 체온을 올리는 게 급했기 때문에 산소 처치와 이뇨제 투약, 마사지 처치를 진행했다. 그렇게 어느 정도 푸름이가 안정을 되찾는 듯 보이던 순간, 발작이 시작되었다.

'아, 이거라면 모두 이해가 된다.' 목욕 중 보호자가 자리를 비운 사이 발작이 발생해서 정신을 잃고 물에 빠진 것이 분명했다. 추후 MRI 검사를 통해 확인해본 푸름이의 병명은 '특발성 간질'이었다. 급하게 항경련제를 투약하고 숨죽이며 지켜보던 그때, 병원 문이 급하게 열리고 한 보호자가 이동장을 들고 뛰어들어 왔다.

“선생님 저희 집 고양이가 엉덩이에 긴 비닐 끈을 달고 다녀요. 그런데 자세히 보니 비닐이 조금씩 움직이는 것 같아요.”

아! 움직이는 비닐이라니. 이건 또 무슨 일이지?

“한 달 전쯤 길에서 구조한 고양이인데, 오늘 밤에 똥꼬에 긴 비닐 끈이 달려 있더라고요.”

나의 머리는 혼란스러워지기 시작했다. 도대체 새벽 2시에 이게 무슨 일이란 말인가? 마음을 가라앉히고 고양이의 상태를 살폈다. 고양이의 엉덩이 쪽을 보니 50센티미터 길이의 유백색 끈이 보였다. 혹시 이상한 걸 주워 먹었나 싶어 주욱 따라가 보니 그 끈은 항문에서 직장 내로 연결되어 있었다. 끈을 만져 보니 물렁한 질감에 당장이라도 끊어질 듯 했다.

‘구조된 길고양이… 물렁거리며 움직이는 끈…’

그 순간 내 머릿속에 ‘조충’이라는 기생충이 스쳐 지나갔다. 아, 이 흰 비닐 끈이 사실 끈이 아니라 기생충일 수 있겠구나. 교과서에만 존재하는 줄 알았던 흔치 않은 기생충, 조충.

그날이 내 수의사 인생에서 처음이자 마지막으로

(아직까지는) 조충을 실제로 본 날이었다.

조충은 일련의 편절(마디)로 이루어져 있어 끊어지기라도 하면 물리적 제거를 완벽하게 할 수 없는 상황이었다. 조충이 끊어지지 않도록 한 땀 한 땀, 강약중강약 힘 조절을 하며 조심스럽게 당겨 약 70센티미터 정도의 몸체를 모두 뽑아냈다.

보호자에게 조충은 일반적인 구충약으로는 구충할 수 없다는 점을 설명한 뒤, 전용 약을 지어드렸다. 보호자는 단순히 이상한 걸 먹은 것으로 생각하고 병원에 왔다가, 존재도 몰랐던 미지 생명체와의 조우에 크게 놀라 돌아갔다.

그사이 입원해 있던 강아지 푸름이의 호흡은 차츰 안정을 찾기 시작했고 병원도 다시 조용해졌다.

“그래도 오늘은 이만해서 다행이에요! 이제 푸름이도 안정됐으니까 컵라면 하나 먹을까요?”

라면 물을 부으며 “이제 4시니까 추가 응급 내원은 없겠네요”라고 이야기하는 순간 동물보건사의 눈이 동그랗게 커졌다.

“선생님!!”

그래서 그날은 어떻게 됐을까? 그 이후로도 폐쇄

형 FLUTD(고양이 하부 요로기계 질환)에 2차적으로 급성 신부전이 있는 고양이 '토리'가 내원했고, 토리의 응급 처치가 끝나자마자 아침 7시 출근길에 구조된 새끼 고양이가 병원으로 왔다. 2개월령쯤으로 보이는 새끼 고양이가 집 앞에서 울고 있었다는데 피부 상처에 구더기가 가득했다. 새끼 고양이의 전염병 감염 여부를 확인하고 수액 라인을 잡고 피부에 붙어 있는 구더기를 의료용 핀셋으로 하나씩 제거하고 상처 부위 드레싱 처치까지 하고 나니 오전 출근 수의사가 병원 문을 열고 들어왔다.

"밤새 별일 없었죠?"

"그, 그렇죠. 제가 입방정 떤 거 말고는 아무 일도 없었어요."

결국 물을 부어둔 라면은 먹지 못하고 퉁퉁 불어터진 채 음식물 쓰레기통으로 향했고, 아침 9시 찬란하게 떠오른 해를 보며 장렬하게 퇴근할 수 있었다.

나의 첫 사랑,
첫 고양이 아톰

인턴 시절 내 인생의 첫 반려묘 '아톰'은 룸메이트였던 친구 수의사가 근무하던 병원에 버려졌던 '외출냥이'였다. 처음 발견되었을 때 아톰의 목에 걸려 있던 목걸이 속 연락처로 연락을 해보았으나 보호자와 연락이 되지 않았고, 아톰은 그대로 병원에서 생활하는 병원냥이가 되었다. 그렇게 두 달이 흐른 뒤에야 보호자와 연락이 닿았지만, 보호자는 아톰을 데려가지 않겠다고 했다. 언제까지고 병원에서 지낼 수 없는 노릇이지만 갈 곳이 마땅치 않았던 아톰은 그렇게 나와 내 룸메이트의 자취방에서 함께 살게 되었다.

6개월령 전후의 성장기였던 아톰은 자신감 넘치는 성향에 사람을 좋아하는 '개냥이'였다. 퇴근시간이면 도어락 누르는 소리에 언제나 뛰어나와 사람을 반겼고 바닥에서 뒹굴며 애교를 부리던 고양이. 15시간 근무 후 지쳐 누우면 내 가슴팍에 안겨 같이 잠이 들던 고양이 아톰. 힘든 시기를 버틸 수 있게 해주었던 나의 원동력과 같은 존재였다. 어찌나 에너지가 넘치는지 웬만한 사냥놀이로는 지치지도 않았고 공중 점프는 이 세상 생명체가 아닌 것처럼 높았다.

그런 아톰이 배뇨 실수를 시작했던 것은 그해 봄에서 여름으로 넘어가던 즈음이었다. 처음에는 룸메이트의 이불에 배뇨 실수를 하다가 나중에는 새로 구입한 아이패드에까지 배뇨 실수가 이어지면서, 룸메이트의 방은 아톰 출입 금지 공간이 되었다. 먹고 노는 것은 괜찮았지만 조금은 울적해 보이는 아톰의 표정에 나는 내내 미안했다. 먹보였던 고양이가 사료를 조금 남기기 시작했을 때에도, 간식에 대한 식탐은 여전해서 큰 걱정은 하지 않았다. 아톰이 사료를 절반 이상 남기기 시작했다는 사실을 인지한 것은 그로부터 한 달쯤 뒤였다.

변명 아닌 변명을 해보자면, 당시 나는 한 달에 2주 정도는 야간 당직 근무를 해 집을 비우기 일쑤였고, 주 6일은 하루 15시간 이상 동물병원에서 일을 하며 체력적으로나 정신적으로 아주 지쳐 있던 때였다. 그렇게 정신없이 살다 보니 정작 나의 고양이 아톰의 변화를 빠르게 눈치 채지 못했다.

내가 집에 돌아오면 버선발로 뛰쳐나오던 아톰이 내가 집에 돌아온 것을 알지 못하고 계속 잠을 자고 평소 잘 올라가던 높은 곳에 올라갈 때 삐끗하는 모습을 여러 번 보고 나서야 '아, 아톰이 건강한 상태가 아니구나' 싶었다. 한 살이 조금 넘은 아톰에게 그저 가벼운 감기 정도가 온 것이기를 바라며 나는 그대로 아톰을 데리고 병원으로 향했다.

그러나 아톰의 혈액 검사 결과는 좋지 않았다. 만성염증 상태일 때 증가할 수 있는 단백질인 글로불린 수치가 많이 올라가 있었고 그와는 반대로 알부민 수치는 떨어져 있었다. 체온은 39.9도로 열이 나고 있었다. 이럴 경우 가장 먼저 의심해야 하는 질병은 전염성 복막염이었다. 좀 더 정확한 상태를 확인하기 위해 영상 전공의가 있는 영상 센터로 이동하여 초음파를 찍었다. 난생처음 겪는 일에 긴장한 아톰의 다리를 잡고 보정하는 내내 머릿속이 복잡했다. 아톰의 혈액 검사 결과로 나온 수치들의 의미, 아톰에게 있을 수 있는 수많은 질병의 가능성들…. 이때만큼은 그 모든 지식을 아는 것이 더 힘들었다.

초음파 검사와 세침흡인 검사라는 세포 검사까지 진행하고 나자 나의 걱정스러운 예측은 현실이 되었다. 세부 판독 결과를 보기 전에도 이미, 아톰은 난치병이거나 불치병이었다.

영상 센터에서 병원으로 돌아오는 차 안에서 나는 이동장에 들어가 있는 아톰을 껴안고 펑펑 울었다. 아톰의 병명은 전염성 복막염이었다.

당시 전염성 복막염은 불치병으로, 치료제가 없는 100퍼센트 치사율의 질병이었다(다행히 현재는 일련의 치료제로 여겨지는 성분이 발견되어 치료가 불가능하지는 않다).

아픈 동물을 치료해줄 수 있는 수의사이지만, 내 새끼 하나도 고칠 수 없다는 나의 현실이 너무나 안타까웠고 그동안 아이의 질병 진행 상태를 잘 파악하지도 못한 한심한 보호자였다는 사실까지 한없이 나를 자책하게 했다. 수의사라는 나의 직업이 아톰에게 부끄러웠다.

당시 집보다 병원에 상주하는 시간이 길었기 때문에 아톰은 그날부터 바로 병원 생활을 시작했다. 처음 구조되었을 때만 하더라도 임시 거처였던 병원이라는 공간이 이때부터는 투병의 장소가 되었다. 근본적인 치료제가 없었기에 열이 나면 해열제를 놔주고 입맛이 없으면 식욕촉진제를 주고 빈혈이 오면 수혈을 해주는 등 증상을 완화하는 연명치료만이 유일하게 내가 아톰에게 해줄 수 있는 것이었다. 하루하루가 다르게 자꾸만 말라붙는 아톰의 혈관 때문에 점점 수액 잡기가 힘들어졌다.

한 달이 넘는 투병 생활을 하며, 이제 복수가 차 숨 쉬는 것마저 힘들어진 아톰을 보러 룸메이트가 늦은 시간 병원을 찾았다. 잘 일어나지도 못하던 아톰은, 오랜만에 만난 룸메이트가 부르는 소리에 작은 소리로 대답하며 일어나 잠시 동안 룸메이트와 눈을 맞췄다. 룸메이트의 눈물을 본 것은 그때가 처음이자 마지막이었다. 항상 강한 모습이었던 룸메이트가 정말 서럽게 울었다. 아마 나와 같은 마음이지 않았을까.

그날 이후로 며칠 지나지 않아 연명치료도 더 이상 의미가 없을 만큼 아톰의 상태가 급격히 나빠졌다. 나는 선택을 해야만 했다. 마지막 며칠만이라도 아톰을 집으로 데려가 집에서 시간을 갖도록 해줄 것인지, 아니면 병원에서 안락사를 진행할 것인지에 대해서.

밤새 아톰의 입원장 앞에 누워서 아톰과 눈을 맞추고 아톰을 쓰다듬어 주었다. 아톰을 가만히 들어 안아 내 가슴팍에 올려두었는데, 그때 알 수 있었다. 지금 아톰이 쉬고 있는 숨 한 번, 한 번이 얼마나 고통스럽고 버거운지를.

나는 결국 아톰의 안락사를 결정했다. 그리고 내 손으로 내 품에서 아톰을 보내주었다.

그 일 이후, 멍한 하루하루를 보냈던 것 같다. 임상 수의사로서 내 자신이 너무나 하찮게 느껴졌고, 우연히 그 당시에 아톰과 같은 질병을 가진 고양이들을 많이 진료하며 더욱더 일에 대한 만족감보다 한계를 크게 느꼈던 시기였다. 내 간절한 마음만으로는 아픈 고양이들을 모두 고칠 수 없다는 무력감과 그런 감정을 매일, 최일선에서 느껴야만 하는 시간은 나를 자꾸만 갉아먹었다. 당시 나는 임상 수의사를 그만두는 것에 대해서 진지하게 고민했었다. 어떤 선배 임상 수의사는 그런 감정은 시간이 흘러도 결코 쉬워지지 않으니 지금 감정이 버거우면 다른 진로를 찾는 것이 맞겠다는 조언을 해주기도 했다.

아톰에게 수혈이 필요했을 때 두 번이나 자신의 반려묘 헌혈을 해주었던 나의 사수 수의사 선배는 당시 내가 느꼈던 수의사라는 직업의 한계와 더불어, 수의사로서의 역할이 아픈 고양이들을 치료하는 것뿐만 아니라 불치병에 걸린 아이들의 마지막 생을 최대한 잘 보살펴주는 것도 있다는 이야기를 해주었다. 아이들에게 남은 시간을 조금이라도 덜 고통스럽게, 보호자가 마음의 준비를 할 수 있는 시간을 가질 수 있게 해주었다면 그 수의사는 소명을 다한 것이라는 말과 함께 "임상 수의사로서의 김명철도 집사 김명철도 아톰에게 최선을 다했다"라고 위로해주었다. 그 한마디에 나는 다시 마음을 다잡았다.

그리고 그날 이후 마음은 아프지만 지치지 않고 주어진 상황에 최선을 다하는 수의사가 되기로 마음을 먹었다.

동물을 돌보는 기쁨과 환희

글을 쓰며 새삼스레 나에게 질문을 해본다.

나는 수의사를 하면서 언제 가장 기뻤을까?

희귀 케이스를 접하고 새로운 병에 대한 이해도가 높아지던 순간일까? 질병 진단에 큰 도움이 되는 고가의 장비를 구입했던 날일까? 처음 병원을 확장 이전을 했던 그날이었을까?

물론 앞에서 말한 순간들도 기쁜 날임에 틀림없지만 생사의 기로에 섰던 아픈 아이들의 병이 호전되어 기운을 차리고 스스로 밥을 먹는 모습을 보는 순간만큼은 아닐 것이다. 사람도 그렇듯, 고양이들도 아프면 예민해진다. 그리고 투병 기간이 길어지는 만큼 그 예민함은 곱절로 늘어난다. 수의사와 동물보건사에게는 물론이고, 보호자에게도 그렇다. 그러다가 병이 호전되어 다시 그르릉 그르릉 대며 배를 보여주는 고양이의 모습을 보면, 보호자도 나도 그간의 긴장과 조금은 서운했던 마음이 눈 녹듯 녹는다. 수의사들은 필연적으로 퇴근 후에도 입원한 아이들 걱정을 머릿속에서 지울 수 없는데, 걱정에 잠 못 이루던 날들이 모두 잊히는 보상과 같은 날이 있다. 바로 입원 환묘가 건강해져서 퇴원하는 날이다. 힘든 치료를 버텨준 고양이가 고맙고, 그 시간 동안 고양이를 포기하지 않은 보호자에게도 감사한 마음이 차오르는 날. 바로 그 순간에 대해 이야기해보려 한다.

아직 고양이에서 당뇨라는 질환이 익숙지 않았던 시절, 다른 병원에서 치료하던 고양이 한 마리가 내가 근무하던 병원으로 리퍼(소규모 동물병원에서 더 이상 케어할 수 없는 동물을 상위 동물병원으로 보내는 것)로 내원했다. 고양이 이름은 '호동이'. 호동이의 보호자는 당시 예순이 넘은 할머니였는데 호동이를 자식보다 사랑하는 분이셨다. 오랫동안 다니던 동네 동물병원에서 진료를 보다가 상태가 심해지자 24시간 2차 병원으로 온 것이었다. 처음 병원에 온 호동이는 기력이 하나도 없이 움직이지도 못하는 상태, 심각한 고혈당 상태였다. 추측건대 오랜 기간 고혈당 상태가 지속되었던 것 같았고, 이로 인해 DKA라는 당뇨합병증이자 응급상황인 케톤산증 상태까지 진행되어 컨디션이 매우 안 좋았다. 입으로는 아무것도 먹지 않고 전해질 균형까지 깨진 상태에, 급성췌장염도 매우 심해서 복막에서 염증까지 관찰되었다. 이런 경우 보호자에게 할 수 있는 말은 현재 상태가 매우 좋지 않아 예후가 안 좋을 수 있다, 즉 마음의 준비를 해야 할지도 모른다는 말뿐이다.

신속한 입원 조치 후 탈수가 심한 상태였던 호동이에게 곧바로 수액을 처치했다. 계속해서 수액을 맞아도 체액 손실이 많아 전해질 균형은 항상 위태위태했다. 게다가 췌장염은 야속하게도 계속 진행되어 흉수가 차고 호흡곤란이 생기는 상황이었다. 전전긍긍하는 보호자에게 오늘이 고비일 수 있다고 이야기하는 것이 일과가 되고, 내 마음처럼 따라주지 않는 호동이의 컨디션에 티를 낼 수는 없었지만 나 또한 매일이 초조했다.

입원 일주일째, 의식 상태가 더 나빠진 호동이 때문에 휴무일이었지만 병원에서 대기했다. 위태로운 호흡 상태와 계속되는 주사 처치로 더 이상 찾기도 힘들어진 혈관들, 수액 장착 한 번도 쉽지가 않은 상태. 그날 밤, 무거운 마음으로 제발 오늘도 무사히 버텨주길 기도하며 집으로 돌아왔다.

다음 날, 어제까지만 해도 하룻밤을 넘길 수 있을지 확신이 없었던 호동이가 입원장에 앉아서 나를 똑바로 보고 있었다. 혈액 검사를 해보니 드디어 수치들이 더 이상 악화되지 않고 서서히 회복되고 있었다. 아직 안심할 수는 없었지만, 나를 보는 호동이의 또렷한 눈빛은 지난 일주일간의 고생을 한꺼번에 보상해주는 듯했다. 생명이라는 것이 한없이 나빠질 것 같다가도, 한고비만 넘기면 스스로 회복기로 들어서곤 하는데, 호동이의 눈빛에서 그 생명의 경이로움마저 느꼈던 것 같다. 이후 호동이는 무사히 퇴원했다.

물론 수의사 생활에서 이렇게 생명이 달린 심각한 상황만 보람찬 것은 아니다. 여느 날처럼 밥을 먹다가 갑자기 사료 한 알이 입안에서 콧구멍으로 넘어가 병원에 내원했던 강아지. 재채기에 코가 불편한지

자꾸만 앞발로 긁어대던 그 녀석의 비강에 껴 있던 사료 알갱이를 비강튜브를 이용해 식도로 넘겨주었을 때 그 시원함에 신이 나서 꼬리치던 그 모습도, 자칫하면 치료 시기를 놓쳐 큰 질병으로 진행될 수 있던 질병을 조기에 발견해서 잘 관리하게 되었을 때도 보람과 환희가 함께한다.

가장 흐뭇한 순간은, 처음 반려동물과 살게 되어 첫 예방접종을 온 보호자를 대면할 때다. 초보 집사로서 수의사의 조언을 한마디도 놓치지 않으려고 초집중하는 모습, 그리고 내가 첫 예방접종을 해주었던 고양이가 노령묘가 될 때까지 성장하는 모습을 지켜보는 것. 이 모든 고맙고 반가운 설레는 순간들이 수의사라는 이 직업을 계속하게 해주는 원동력이 아닐까?

물렁이는 물풍선을 사랑하기까지

오늘은 모처럼 집에서 쉬는 날이다. 창밖에는 겨울의 마지막과 봄의 시작을 알리는 것 같은 비가 촉촉하게 내리고 있고 나의 두 고양이들은 각자의 자리에서 같은 자세로 잠을 자고 있다. 촉촉한 분홍 코에 내가 내는 소음에 가끔 눈을 끔뻑이며 깨기도 하지만 소중한 낮잠 시간을 포기하고 내 근처로 오지는 않는다. 그럼에도 이 공간에 고양이들과 나의 유대감은 가득 차 있고 고양이들이 편안해한다는 것을 느낄 수가 있다. 지금은 매일 매 순간 고양이가 없다는 것을 상상조차 할 수 없다. 나는 언제부터 이렇게 고양이 친화적 인간이 되어버린 것일까?

가까운 기억으로 수의학과에 다니던 시절을 돌이

켜보면 당시의 나는 고양이라는 동물에 큰 매력을 느끼지는 못했던 것 같다. 아니, 매력을 느낄 기회가 없었다고 하는 것이 맞을 것이다. 주변에 반려동물로 고양이를 기르는 사람은 거의 없었고 유일하게 같은 과 형이 기르던 '아지라엘'이라는 까만 고양이는 좁은 자취방에서 도통 얼굴을 보여주지 않아서 친해지기 힘들었다. 학교 수업 대부분은 소, 돼지 같은 산업동물과 개에 대한 자료들로 가득 차 있었기에 고양이는 해부학 시간에 치식(이빨 종류, 수, 배열 순서를 나타내는 분수식)이나 뼈의 개수 정도를 셀 수 있을 정도의 지식만 있었을 뿐이다.

그런 내가 처음 인턴 수의사를 고양이 전문병원에서 시작할 수 있었던 것은 큰 행운이었다. 개와는 너무나 다른 고양이를 접하면서 고양이의 습성에 맞춰 진료하고 대하는 방법과 태도를 처음부터 몸에 익힐 수 있었기 때문이다. 물론 개 진료도 꽤나 있었기에 개를 보정할 때와 고양이를 보정할 때의 차이를 체득할 수 있었는데, 개는 몸체가 단단한 반면 고양이는 항상 물렁이는 물풍선 같다는 생각이 들었다(이 말랑한 물풍선들이 가끔은 날카로운 송곳니로 내 손을 물어뜯

기도 하지만 말이다). 처음에는 예전부터 익숙한 개들을 보정하고 치료 처치하는 것이 훨씬 수월했지만 시간이 지날수록 고양이의 행동 패턴과 습성 그리고 섬세한 감정 상태를 느낄 수 있게 되면서 고양이 진료를 통해 느끼는 만족감이 점점 더 커졌다.

개들은 사납게 굴다가도 보호자가 진료실에서 나가는 순간 순한 양이 되어 필요한 치료를 마무리하기가 수월하지만 고양이들, 더군다나 겁먹은 고양이들은 보호자가 옆에서 다독여줄 때 정신을 차리는 경우가 많고 공격을 멈추기도 한다. 무서운 진료실이라는 공간에서 마지막 자기 영역인 보호자가 주는 안정감 때문에 보호자 품에서 주사를 맞는 경우도 많이 있다. "저희 집 아이가 제 품에 이렇게 쏙 안기는 건 처음이에요"라는 말마따나 평소에는 도도하지만 극한의 상황에서는 사람을 최후의 보루로 생각하는 앙큼한 이 고양이들을 매일 보게 되니 그 매력에 점점 더 스며들 수밖에 없었다.

게다가 입원한 고양이는 공포심에 만 하루에 가까운 시간을 벽만 보고 처치라도 할라치면 하악질을 끊임없이 하다가도, 3~4일간 교감이 쌓인 이후에는 문 앞을 지나가는 나에게 만져주기를 청하며 입원장 문에 빰을 부비는 모습을 보이기도 한다. 이런 아이들의 '밀당'에 도저히 '입덕'하지 않을 방법을 찾을 수 없는 것이다. 그런 아이들을 매일 보고 보살피고 동기화되는 시간과 더불어 퇴근 후 나를 반겨주는 아톰이라는 나의 첫 고양이의 등장은 고양이에 대한 사랑을 증폭시키는 가장 큰 계기가 되었다. 이런 순간들이 모여 나를 더욱 고양이 전문 수의사의 길로 이끌었다.

나는 인턴을 시작했던 병원에 동업 원장으로 참여하여 진료의 깊이와 넓이를 계속해서 확장해나갔다. 모든 임상 수의사가 그렇지만 특히 고양이의 진료는 더욱, 책으로는 배울 수 없는 실전 경험이 중요하다. 그리고 원장이 된 지 3년차 되던 해, 개와 고양이를 함께 보지만 고양이 특화 병원이었던 기존과 달리 100% 고양이만 진료하는 병원으로 병원의 방향성을 완전 바꾸었다. 지금은 고양이만 진료하는 병원이 꽤 많아졌지만, 당시만 해도 주변의 우려가 컸던 것이 사실이다. 당시 대부분의 동물병원은 개와 고양이 진료의 비율이 8 대 2 정도로 개 진료가 압도적으로 많았기 때문에, 개 진료를 모두 포기해도 병원이 운영될 수 있겠냐는 걱정이었다.

하지만 나는 '그럼에도 불구하고' 하고 싶었다. 고양이를 위한 고양이 병원을.

내원하거나 입원한 개 때문에 고양이가 스트레스 받는 상황을 완전히 막았고, 전문 수술실, 집중입원치료실, 충분한 개수의 진료실을 만들었다. 고양이는 워낙에 아픈 것을 잘 숨기기 때문에 주기적인 건강검진이 꼭 필요하다고 오래전부터 생각하고 있었다. 그래서 원내에 건강검진 센터를 별도로 마련하고 프로그램을 만들어서 아픈 고양이를 조기에 발견하여 치료 확률을 높이고 보호자들이 안심할 수 있도록 했다.

그렇게 당시 국내 최대의 고양이 병원을 만들고 오직 고양이에게 시간과 노력을 쏟았다. 최고가 아닐지언정 진료를 받으러 온 이 아이에게 최선을 다하고 있다는 확신을 갖고자 매 순간을 보냈던 것 같다. 나에게 온 이상 꼭 나아지게 하고 싶다는 마음이 항상 스스로를 간절하게 만들었고 끊임없이 움직이게 했다.

돌이켜보면 내가 어느 순간 갑자기 고양이를 사랑하게 되었는지 왜 고양이 전문 수의사가 되었는지 콕 집어 말할 수는 없지만, 내가 미처 몰랐던 새로운 경험을 접하고 그 새로운 경험이 또 다른 선택지를 주고, 이런 일련의 과정이 반복되면서 지금의 내가 되도록 이끌었던 것 같다. 그저 좋아하는 방향을 따라오다 보니 지금 여기인 것이다.

집사 모드로

근엄 해제

내 삶에는 각별한 인연으로 다가온 고양이 세 마리가 있다. 한 마리는 이미 무지개 다리를 건넌 나의 첫 반려묘 '아톰'이고, 다른 두 마리는 현재 나와 생활하고 있는 첫째 '사모님', 둘째 '애기씨'이다. 수의사로서 많은 고양이를 만나지만, 수의사가 아닌 집사로서 느끼는 고양이에 대한 감정은 남다를 수밖에 없다. 집에서 사고를 치는 모습에 순간 화가 나기도 하고 엉뚱한 애교를 보고 '귀여워'라는 말을 남발하기도 하고 급하게 먹고 토하는 모습을 보면 속이 상하기도 한다. 병원에서 만나는 고양이는 치료라는 한 가지 목적을 가지고 대하지만, 일상생활 속의 내 고양이들과는 훨씬 입체적인 감정을 쌓게 된다.

내가 인턴 수의사이던 시절 나와 함께 살았던 아톰은 다른 사람이 집에 방문하더라도 거리낌 없이 뺨을 부비며 존재감을 뽐냈었다. 사냥놀이를 하다 보면 지칠 줄 모르고 더 놀아달라며 쫓아다니던 그 모습이 아직도 생생하게 떠오른다. 좁은 환경과 불규칙한 스케줄로 묘생을 제대로 만끽하게 해주지 못한 것 같아 미안한 마음도 그만큼 선명하다. 아톰은 나랑 살면서 얼마나 스트레스를 받았을까? 하루 내내 일하는 나를 기다리는 시간에는 혼자 무얼 했을까? 이런 죄책감이 지금도 이따금씩 나를 괴롭힌다. 불치병에 걸린 아톰에게 아빠이자 수의사로서 마지막으로 해줄 수 있는 것이 안락사밖에 없었을 때 느꼈던 무력함은 생에 느껴본 가장 무거운 감정이었다.

그렇기 때문에 아톰 이후로 고양이는 더 이상 반려하지 않으려고 했다. 그런데 묘연이라는 것이 그렇게 쉽게 막을 수 있는 것이던가! EBS 프로그램 〈고양이를 부탁해〉에 출연하면서 애니멀 호더가 버리고 간 고양이들을 입양 보내는 프로젝트를 진행하게 되었다. 고양이 스물두 마리가 열 평 남짓한 공간에서 사료도 물도 없이 오랜 기간 방치되어 있었고, 방에서 나는 악취 때문에 집주인이 이 사실을 알게 되어 구조된 케이스였다. 처음 구조되었을 때에는 고양이 대부분의 털색이 누런색에 가까웠는데, 알고 보니 흰색이었다. 대소변을 보는데 공간은 좁고 피할 곳이 없어서 그대로 털이 물든 안타까운 사연이었다. 다행히 좋은 동물보호단체와 봉사자 분들을 만나 조금씩 안정을 찾고, 마음의 문을 열어가던 중에 〈고양이를 부탁해〉에 출연한 것이었다.

이미 보호자를 잃은 상처가 있는 고양이들과 반려묘를 잃은 상처가 있는 나, 남겨진 스물두 마리의 고양이를 바라보며 동질감과 비슷한 감정을 느꼈던 것 같기도 하다. 프로젝트 내내 이 고양이들을 입양하고 싶다는 신청 서류를 심사하면서 점점 결심이 섰다. 이 아이들 중 한 아이의 남은 묘생은 내가 함께 해주어야겠다고.

첫째 사모님은 그렇게 만나게 된 고양이다. 입양 전 보호단체에서 지어준 이름은 '앙증이'. 입 옆에 앙증맞은 점이 있는 귀여운 젖소무늬 고양이였다.

앙증이를 데려오기로 결정하고 한동안은 집안 환경 조성에 매달렸다. 일명 '환경 풍부화'라고 하는,

고양이가 살기 좋은 환경을 만드는 일이다. 다시는 아톰이 때와 같은 후회를 남기고 싶지 않았기 때문에 더 열심히 준비했다. 그리고 앞으로 정말 잘 모시겠다는 각오로 사모님이라고 이름을 지어주었다.

고양이는 고양이를 부른다고 했던가. 얼마 지나지 않아 또 한 번의 묘연이 나에게 찾아왔다. 바로 아파트 단지에서 구조된 고양이, '달콤이'다.

달콤이는 구조된 뒤에 내가 일하는 병원에 입원해 한 달 이상 치료를 받으며 생사의 문턱을 오갔다. 흉강에 농이 가득 차서 숨쉬기도 힘들어하던 녀석은 조금씩 나아지면서 병원에 적응하기 시작했고, 가녀린 몸으로 필사적으로 병과 싸우는 강인한 모습에 점점 정이 들었다. 처음 병원에 왔을 때만 하더라도 저체온 상태에 의식도 거의 없어 회복하기 어려울 거라 생각했던 그 고양이가 나와 눈을 마주치고, 내가 입원장 앞만 지나가도 '냐앙' 하며 관심을 바라는 모습을 보며 어느 순간 마음을 굳혔던 것 같다. 그렇게 달콤이는 지금의 둘째, 애기씨가 되었다.

퇴근 후 소파에 앉아서 쉬는 내 옆에 파고들어서 자기를 쓰다듬으라고 머리 박치기를 하는 녀석들을 보면 하루의 피곤이 눈 녹듯이 사라진다.

나처럼 많은 수의사가 반려동물을 기른다. 직업적인 특성상 여러 사연의 동물들을 만나다 보니, 정이 들어서, 보살펴주고 싶어서 등 각종 이유로 반려를 시작하는 경우도 많을 수밖에 없다. 병원에선 엄격한, 근엄한, 진지한 모습의 수의사도 본인이 반려하는 동물들 앞에서는 무장 해제가 되는 모습을 지켜보는 것도 나의 소소한 즐거움이다. 저들이 보기에 나도 똑같겠지 하는 생각을 하면서 말이다.

3부

말캉거리는 배

애정 듬뿍, 슬픔 약간의 처방전

수의사의
속마음

희망과 절망을 수치화할 수 있는 능력이 수의사에게 있다면 얼마나 좋을까? 생존 확률을 정확히 알 수 있는 진단 장비가 있다면 심각한 상태의 아이를 둔 보호자와 상담하는 일이 훨씬 더 쉬울 것이다. 가벼운 식욕부진인 줄 알았던 고양이가 확인해보니 최근 살이 1킬로그램이나 빠졌고 황달까지 심한 상태라면 수의사의 머릿속은 복잡해지기 시작한다. 단순한 지방간일지, 기저에 다른 원인이 있어서 2차적으로 발생한 지방간일지 아직은 알 수가 없다. 하지만 보호자와 상담을 하면서 아이의 현재 상태를 설명하고 치료 계획을 이야기하면서 최선을 다할 테니 보호자 분도 기운 내시라는 이야기는 빼놓을 수 없다. 실제로 나는 최선을 다할 테니까!

조금은 안심한 표정으로 진료실을 나서는 보호자를 돌려보내고서 나의 어깨가 조금 처진 걸 아는 사람은 아무도 없을 것이다. 그만큼 상태 개선에 확신을 할 수 없는 상태이기 때문이다. 지금 당장 시작할 처치들을 머릿속으로 정리해보고 검사 결과가 나오기까지 시간이 걸리는 조직 검사를 진행할지에 대해서도 결정해야 한다. 간 조직 검사는 종양 여부를 확인할 수 있기에 진단에 있어서 결정적인 역할을 하겠지만 상태가 좋지 않은 아이에게 마취는 부담이 클 수 있고 그 비용이 비싸기 때문에 고민이 된다. 또한 먹지 않는 아이에게 비강을 통한 영양관을 삽입하는 일과 어느 시점에서 본격적인 식도튜브 장착을 통한 식이를 제공할지도 계획을 세워야 한다. 당장 오늘과 내일 처치표를 정리하고 당직 선생님에게 인수인계 후 병원을 나서서도 입원한 아이는 내 머릿속에 남아 나와 함께 퇴근을 했다.

다음 날 출근하자마자 오전 혈액 검사를 다시 진행한다. 결과를 보면서 어제보다 나빠진 수치에 고심하고 기운 떨어진 고양이를 어루만지며 보호자와 상담 통화를 한다. 밤새 비강튜브로 유동식을 급여했지만 구토 없이 잘 먹었고 오전 혈액 검사에서 결과가 좀 더 나빠졌다고 이야기했다. 일단 사흘간은 지금처럼 지방간에 준해서 대증치료를 하게 될 거고 3일 뒤 뚜렷한 상태 개선이 없으면 간 조직 검사와 식도튜브 장착을 함께할 예정인데 이때 마취 회복이 잘되지 않을 위험성이 있다는 것까지 설명했다. 보호자는 애써 잘 부탁드린다며 밝게 이야기하고 나도 너무 조급해하지 말고 기다려 봐야 한다고 보호자를 안심시키며 통화를 끊었다.

전화 통화를 마무리하고 나서 혹시라도 내가 놓치고 있는 부분이 없는지 고민하며 상황을 되살피지만 놓친 것은 없다. 치료 프로토콜은 정해져 있고 지나가는 시간과 아이의 치료반응을 기다리는 것이 전부이지만, 해줄 수 있는 것이 있다면 무엇이라도 추가해주고 싶은 마음이 스물스물 커지기 시작한다. 이 마음을 다스리지 못하면 나도 결국 수의사가 아닌 보호자일 뿐이기에 마음을 다잡고 다시 일반외래 진료와 다른 입원 환자들을 돌보며 하루를 보낸다. 퇴근하기 전에 마지막으로 아이 상태를 보니 아침보다 기력도 나은 것 같고 얼굴을 부비며 애교도 부리는 것이 왠지 내일 아침 검사는 결과가 좋을 것 같다.

입원 3일째, 아이가 유동식을 먹으면서 새벽에 처음으로 토했다고 한다. 구토가 있으면 한 끼 식사를 건너뛰어야 하는데 혹시 췌장 쪽에도 합병증이 생겼을까 봐 걱정이 되기 시작한다. 아니나 다를까 초음파 검사에서 이전에는 확인되지 않았던 급성 췌장염 소견이 보였다. 췌장염이 생기기 시작하면 고양이의 치료 기간은 급격히 길어지거나 2차적인 복막염으로 생명을 잃을 수도 있다. 말 그대로 어디로 튈지 알 수 없는 럭비공 같은 변수가 추가된 것이다. 일단 췌장염이라는 급한 불을 꺼야 계획했던 식도튜브 장착과 같은 시술을 부담 없이 할 수 있기에 처치표에 몇 가지 약물을 추가했다. 복통 때문에 좀 더 웅크리고 있는 아이에게 강한 진통 처치를 추가하자 오후부터는 누워 있는 자세가 한결 편안해졌다. 오늘은 보호자가 면회와 상담을 함께 진행하는 날이라서 지금까지 상황들을 정리해본다. 딱히 긍정적인 요소가 없다. 통상적인 치료를 이어나가기 위한 부분마저도 급성 췌장염 때문에 지체되게 생겼다. 보호자가 면회하는 모습을 지켜보니 아픈 와중에도 고양이는 왜 이제 왔냐는 듯 일어나서 보호자에게 안기고 애교를 부린다. 이렇게 보면 하나도 안 아픈 것 같은데 금세 지쳐서 다시 누워버리는 모습을 보고 보호자가 걱정스러운 표정을 짓는다.

"지금 아이 상태가 처음보다 나빠졌습니다. 치료 중에 발생할 수 있는 흔한 합병증이기는 하지만 그만큼 치료 난이도는 높아졌고 치료 기간도 길어질 것 같습니다."

"입원해서 치료를 이미 하고 있는데 왜 더 상태가 나빠진 거죠?"

"대부분의 중증 내과 질환은 발병하고 진행 중에 우리가 알게 되어서 입원하게 되는데, 입원 치료를 시작했다고 스위치를 켜고 끄는 것처럼 바로 좋아지는 방향으로 바뀌는 것이 아닙니다. 나빠지는 시간을 최소한으로 줄이고 몸이 회복하는 반등의 시기를 앞당기는 것 그리고 스스로 회복할 수 없는 최악의 상태가 되지 않게 최선을 다해 막는 것입니다."

보호자는 크게 한숨을 내쉬며 알겠다 말하고 돌아섰다.

지난 5년간 크고 작은 질환을 돌봤던 아이이기에 나 또한 보호자만큼 답답하고 속상하지만 내가 더 이야기할 수 있는 것이 없었다. 예민해지고 속상한 보호자 마음도 충분히 이해가 되지만 이럴 때면 수의사라는 직업의 우울함이 나를 감싼다. 문득 내가 요리사였으면 어땠을까 혼자 상상해본다. 이렇게 생사의 기로에서 울적한 이야기나 하는 직업보다는 누구나 웃으면서 돌아갈 수 있고 즐거운 시간을 제공할 수 있는 요리사가 되었으면 좀 더 신나겠다 생각하지만 이것도 잠시, 곧 현실로 돌아왔다. 앞으로 이틀간 기존 처치를 유지할 것이고 오늘 상태보다 개선되면, 혹은 유지만 되더라도 간생검과 식도튜브 장착을 진행할 것이다. 이 부분에 있어서 시간을 더 끌게 된다면 시도 자체가 힘들 수도 있기에 결정을 내려야만 한다.

입원 4일차 염증 수치가 더 오르고 열이 나기 시작했다. 입원장 내부 온도를 낮추고 해열제를 사용하지만 열이 쉽게 떨어지지는 않는다. 다행인 것은 항구토제 적용 후 추가적인 구토가 없이 유동식 하루 용량을 다 먹이고 있다는 점이다. 췌장염 상태가 정말 극심한 경우라면 항구토제 사용과 상관없이 소화기관의 운동성이 거의 없어지기에 위에 저류된 위액과 음식물은 결국 토할 수밖에 없는데 지금 그 정도의 상태로 진행되지는 않았다는 신호이기 때문이다.

입원 5일차 아이 컨디션은 어제보다 확연하게 개선되었고 열이 내렸다. 하지만 혈액 검사상 백혈구 수치는 좀 더 올랐는데 이는 기존 면역반응에서 형성된 백혈구일 수 있기에 췌장염 상태는 개선되고 있는 것으로 판단했다. 보호자에게 아이의 상태 개선에 대해 설명하니 비로소 처음으로 밝은 표정으로 웃는다. 오늘 진행하려고 했던 마취는 하루 정도만 미루기로 하고 내일은 바빠서 밤에나 면회를 올 수 있다는 보호자에게 마취 동의서를 받았다. 마취의 위험성과 마취에서 회복할 수 없는 경우들에 대해 고지하고 동의한다는 서명을 받을 때마다 보호자들의 눈에서 비치는 망설임을 읽을 수 있다. 돌아서는 보호자에게 너무 걱정 마시라 이야기하고 내가 옆에서 잘 살피겠다며 인사를 했다. 아마도 내일 하루는 정말 긴 하루가 될 것이다. 사전에 추가해야 하는 지혈제 처치와 새벽부터 금식을 지시하고 돌아오면서 부디 내일 시술이 완벽하게 진행되어 아이가 잘 회복하기를 바란다. 오늘 밤도 편하게 자기는 힘들 것이다. 보호자의 걱정을 조금이라도 덜어서 짊어지고 나니, 아이의 생명을 지키려고 노력하는 수의사라는 직업의 무게는 좀처럼 가벼워지지가 않는다.

차마
하지 못한 말

다음 날 아침, 어느 정도 상태가 안정된 고양이를 바라보며 식도튜브 장착 시술을 언제 하는 것이 가장 적합할지 스스로에게 묻는다. 딱 하루만 더 유지 관리를 하며 췌장의 염증을 조금이라도 가라앉힌 뒤 더 나은 컨디션에서 시술을 진행하는 게 좋을지, 아니면 지금 당장 시술을 하는 게 좋을지, 49 대 51의 확률에서 어느 것이 51일지를 고민한다. 신이 아닌 이상 미래를 예측할 수는 없기 때문에 수의사는 늘 스스로 아는 모든 지식과 경험을 동원하여 좀 더 나은 선택을 해야만 한다.

이 아이의 경우 간 수치가 높고 췌장염 합병증이 이미 와 있는 상태였기 때문에 조금이라도 부담을 덜 수 있도록 빠른 치료가 필요하다고 판단했다. 한번 치료 방향을 설정하면 뒤돌아보지 않고 빠르게 진행해야 한다. 마취 시간을 최소화해야 하기 때문에 시술 동선에 지체가 있어서는 안 된다. 때문에 병원의 각 파트별 수의사들과 미리 시술의 진행 시간, 순서를 조율하고 바로 시술에 임한다. 먼저 영상 담당 수의사의 주관하에 간생검과 담즙 채취를 한 뒤 수술실로 이동하여 외과 담당 수의사가 식도튜브를 장착한다. 30분 정도의 짧은 마취 시간이지만 이미 체력이 약화되어 있고 간 상태가 좋지 않은 아이에겐 이 짧은 시간도 부담이 될 수 있다.

마취 시간이 20분째가 되니 혈압이 떨어진다. 이런 경우 승압제를 추가로 달고 마취 용량을 줄이며 혈압을 높이기 위한 처치를 한다. 혈압이 기준 이하로 떨어질 경우 장기들에 큰 부담이 되기 때문에 매우 조심스럽고 신중하게 접근해야 한다. 다행히 처치 후 혈압이 정상으로 돌아왔고, 식도튜브 장착도 잘 마무리되었다. 이제 수의사로서 할 수 있는 것은 모두 해주었고, 지금부터는 운명의 영역이다. 이 아이는 다행히 마취가 깬 후 자발적으로 호흡이 돌아오고 생체

리듬이 안정화되어 무사히 중증환자회복실로 이동했다. 중증환자회복실에서는 회복을 위하여 체온을 높여주고 의식이 완전히 돌아올 때까지 동물보건사가 수시로 바이탈 체크를 한다. 의식이 돌아온 고양이는 몹시 지쳐 보이고 목에 감긴 붕대 때문에 불편해하며 침을 흘린다. 그래도 마취 상태에서 의식이 잘 돌아온 것만으로도 너무나 고맙고 한고비를 넘겼다는 생각에 긴장이 풀린다. 식도튜브가 정상적으로 장착되었기 때문에 매일 적절한 양의 습식 사료를 급여할 수 있으니 지방간을 치료할 수 있게 되었다. 전해질 불균형이나 빈혈과 같은 고비가 올 수도 있지만 큰 특이사항이 없다면 잘 회복할 수 있을 것이다. 보호자는 시술이 끝난 아이를 보며 모처럼 환하게 웃는다.

며칠 뒤 기다리던 아이의 조직 검사 결과가 나왔다. 결과는 악성종양. 암이다. 결과지를 받아들고 머릿속이 잠시 하얘졌다. 결과가 악성종양이 아니고 단순 지방간이었다면 이대로 회복만 하면 되는데, 악성종양이라면 이야기가 다르다. 이미 악성종양으로 진행된 경우 완치할 수 있는 치료법은 없다. 이 이야기를 며칠 전 환하게 웃으며 돌아간 보호자에게 어떻게 전해야 할까? 엄두가 나질 않는다. 지난 열흘간 사선에서 힘겹게 싸워준 고양이의 지친 얼굴과 최선을 다한 의료진들의 얼굴이 머릿속을 스친다.

그렇게 다음 날, 보호자에게 어렵게 이야기를 꺼냈다. 보호자는 자리에 주저앉아 엉엉 울었다. 그도 그럴 것이 몇 주 전까지만 해도 건강한 줄로만 알던 나의 고양이가 갑자기 죽을병이라고 하면 누구나 같은 반응일 것이다. 그렇게 진료의 방향은 더 이상 치료가 아니라 통증을 최대한 완화해주는 호스피스 관리로 변경되었다. 더 이상의 입원치료는 큰 의미가 없기에 통원 치료를 결정했다. 아이를 퇴원시키는 보호자의 어깨를 바라보며 다시금 이 일과 공간의 무게를 실감한다.

수의사라는 직업을 오래 하기 위해서는 모든 진료에 감정이입과 실망을 반복해서는 안 된다. 하지만 진료를 보는 아이에 대한 애정이 충분하지 않다면 수의사라는 직업을 유지하기 어렵다. 이 두 가지 사이에서 균형을 이루기란 매우 어려워서 임상 수의사를 그만두는 수의사도 많다. 수의사라면 이런 딜레마를 모두 느끼지만 고민을 털어놓을 곳은 사실상 없기 때문에 마음으로만 삭힐 뿐이다. 나의 말 한마디에 하늘이 무너진 보호자를 보내고 바로 아무 일 없었다는 듯 다음 진료를 봐야 한다.

다음 예약진료는 이제 막 2차 기초접종을 맞는 깨발랄한 아이다. 3개월령이라 너무나 귀엽고, 무엇보다 처음으로 고양이를 길러보는 초보 집사 보호자는 궁금한 것이 많다. 나는 웃으며 질문에 답하고 귀여운 아이에게 접종과 구충약을 발라준다.

동물의 아픔을 보는 슬픔

"Not One More Vet."

수의사의 높은 자살률과 우울증을 알리기 위한 캠페인 문구이다. 의사나 간호사 등 의료계 종사자들은 일반 성인보다 자살률이 전체적으로 높은 편인데, 그중에서도 늘 자살률이 가장 높은 직업으로 꼽히는 직업이 있다. 바로 수의사다.

2020년 미국 머크애니멀헬스Merck Animal Health가 진행한 미국 수의사 웰빙 연구에 따르면 수의사는 일반 성인보다 2.7배 더 많이 자살을 시도한 것으로 나타났다. 최근 1년간 단순히 자살을 생각해본 수의사도 일반 성인의 두 배 이상이었고 자살에 대한 구체적인 계획을 세웠던 수의사도 1.7배 많았다. 연구진은 수의사들의 자살 생각에 영향을 주는 큰 요소로 정신적 고통(심리적 스트레스)을 꼽았는데 특히 이는 젊은 수의사와 여성 수의사에서 더 높게 측정되었다.

또한 번아웃지수는 평균적으로 일반인(2), 의사(2.24), 수의사(3.1)로, 일반인에 비해 수의사가 55퍼센트나 높은 것을 확인할 수 있다. 심지어 연구가 진행된 미국에서는 평균적으로 수의사가 의사보다 근무시간이 더 짧음에도 불구하고 더 높은 번아웃지수를 보였다는 것은, 업무 스트레스의 강도가 더 높다는 점을 보여준다.

한국은 조금 다를까? 십여 년간 임상 수의사로 살아온 내 경험으로는 그렇지 않다. 많은 수의사가 번아웃을 호소하고, 안타깝게도 스스로 생을 마감한 수의사들이 주변에 한둘은 있기 마련이다.

그렇다면 수의사들은 무엇 때문에 이렇게 지치는 걸까?

많은 수의사가 '동물이 좋아서' 수의사라는 직업을 선택한다. 하지만 진료 현실은 동물을 사랑하는 마음만으로는 쉽지 않다. 내가 처음 임상 수의사로 일을 시작했던 10여 년 전만 하더라도 서울의 동물병원은 주 6일, 하루 15시간의 노동 강도가 일반적인 수준이었다. 지금은 많이 개선되어 주 5일, 하루 9시간 근무로 환경이 많이 나아졌지만 일반적인 주말과 공휴일에 쉴 수 있는 수의사는 거의 없다. 절대적인 근무시간이 길고, 휴무일도 일정하지 않은 것이다. 또한, 24시간 병원에 근무하는 수의사라면 낮과 밤이 바뀌는 것도 불사해야 한다.

또한 진료 시 동물의 검사와 치료에만 100퍼센트 집중할 수 있는 것도 아니다. 환자의 치료만큼이나 보호자에게 현 상황을 전달하고 검사나 치료의 당위성과 치료비에 대해 상세히 설명하는 것도 매우 중요한 일이다. 이 과정을 거쳐 검사나 치료를 진행하더라도 아직 높은 산이 남아 있다. 수의사는 신이 아니기에, 모든 아픈 동물이 호전될 수 없지만 보호자의 입장에서는 받아들이기 힘들 수밖에 없다. 다행히 환자의 상태가 호전되는 경우여도 안심할 수는 없다. 치료 기간이 길어지거나 검사 항목이 늘어남에 따라 치료비가 많이 나오는 경우라면, 밤낮으로 노력해 환자의 상태가 좋아져도 돈만 밝힌다거나 필요 없는 검사로 바가지를 씌운다는 오해를 받게 되지는 않을지 걱정에 안절부절못하는 수의사들도 자주 보게 된다.

게다가 근무시간 이후에도 완전한 퇴근을 하지 못한다. 상태가 좋지 않은 입원 환자가 있을 경우, 집에 도착해서도 대부분 편히 쉬지 못하고 환자의 상태가 달라졌다는 연락이 올까 봐 항상 휴대전화 옆에 두고 날이 서 있기 마련이다. 이 시간이 너무 고통스러워 퇴근 후에도 병원에 전화해 환자의 상태를 확인하는 경우도 다반사이다. 수의사의 가족들은 대부분 이런 모습과 생활 패턴을 감내하고 응원하지만, 살다 보면 피할 수 없는 갈등이 생기기도 한다. 일에 대한 집중도가 높은 삶이 이어지면서, 가족과의 일상생활에서 균형을 잡기 힘든 상황도 많기 때문이다.

수의사의 휴무일에 병원에서 전화가 걸려온다면 십중팔구 첫마디는 "혹시, ○○○한테 무슨 일 있나요?"라며 자신이 주치의를 맡고 있는, 가장 걱정되는 아이의 안부를 걱정하는 말일 것이다. 나 또한 쉬는 날 휴대폰에 병원 연락처가 뜨면 심장이 덜컥 내려앉는 기분이 먼저 들곤 했다.

3개월 아깽이 시절부터 주치의로 돌봐왔던 '먼지'라는 고양이가 있었다. 처음 내원해서 어떤 사료를 먹여야 할지, 어떤 화장실을 써야 할지 질문하던 보호자의 상기된 모습이 아직도 선명하다. 각종 예방접종부터 중성화까지 모두 내가 맡았기 때문에, 먼지도 어느 정도 나에게 마음을 연 어느 날이었다. 가벼운 식욕부진으로 내원한 먼지의 엑스레이 사진 상태가 심상치 않았다. 신장의 크기가 정상의 1.5배 이상 커져 있었고 초음파로도 신장 내 낭포가 여러 개 확인됐다. 먼지가 여섯 살 되던 해였다. 처음 입원했을 때 4킬로그램이었던 먼지의 몸무게는 입원, 치료, 퇴원 그리고 다시 입원을 반복하며 2.3킬로그램으로 줄어들었다. 먼지의 병인은 다낭성 신장병증PKD, polycystic kidney disease이라는 병으로 신장에 낭포가 생기는 유전성 질환이었고 이 때문에 신장의 기능이 점점 소실되고 있었다.

벌써 네 번이나 고비를 넘겼지만 이번에는 정말 힘들 수도 있겠다는 수의사로서의 직감이 왔다. 그리고 먼지가 입원해 있던 어느 날의 새벽, 휴대폰에 병원 번호로 전화가 오는 것을 보자마자 "아, 먼지구나" 하는 생각이 들었다. 먼지는 요독증으로 발작하다가 의식이 흐릿해진 상태였다. 먼지가 여덟 살이 되던 해 겨울이었다. 먼지를 위해 안락사가 불가피하다는 판단이 들었다.

보호자도 먼지의 오랜 투병으로 이미 마음의 준비는 한 상태였지만, 병원에 도착해서 나와 눈이 마주치자 그 자리에 주저앉아 눈물을 터트렸다. 약해진 보호자의 앞에서 나까지 울 수 없어 눈물을 속으로 삭이고 또 삭였다. 하지만 "선생님, 먼지의 마지막이 오늘이라면 꼭 선생님이 안 아프게 해주세요. 부탁드려요"라는 보호자의 말에 참고 참았던 내 눈에서도 눈물이 새어나왔다. '내일이면 괜찮아질 수도 있으니 좀 더 지켜보시죠'라고 희망적인 말조차 할 수 없는 상황이었기에 더욱 가슴이 미어졌다. 그렇게 처음 만났을 때처럼 작고 가녀린 모습으로 먼지를 내 손으로 떠나보냈다. 보호자와 나는 먼지를 안고 한참을 울다가 장례 절차를 진행했다. 그날 퇴근 후 침대에 털썩 누워 천장을 바라보며 많은 생각을 했다. 입맛은 없었고 누워도 쉬이 잠들지 못하고 밤새 뒤척이다 다시 출근길에 나서는 침울한 나날이 한동안 계속됐다.

이처럼 수의사라는 직업 특성상 감정 기복이 큰 상태를 겪을 수밖에 없는데, 심한 경우 하루에도 극과 극의 기분을 오간다. 이를테면 오전 진료에서는 귀여운 새끼 고양이의 예방접종을 하며 들뜬 보호자에게 새끼 고양이의 케어 방법을 설명하다가도, 오후 진료에서는 암에 걸린 고양이의 보호자에게 고양이의 시한부 삶을 선고해야만 한다. 먼지처럼 오랜 기간 지켜본 아이라면 이미 고양이에게도, 보호자에게도 감정이입이 되어 있기 때문에 마치 친구에게 시한부의 삶을 이야기하는 것과 같은 슬픔에 휩싸이게 된다.

무엇보다 가장 힘든 것은 그런 아이들의 마지막을 편하게 보내주기 위해 안락사를 해야 하는 경우다. 내 손으로 약물을 투여하고 숨이 멎는 아이를 지켜보는 과정은 몇 번을 반복해도 결코 익숙해지지 않는다. 하지만 내 기분이 그렇다고 해서 진료를 멈출 수도 없다. 다음 예약이 되어 있는 진료는 차질 없이 진행되어야 하기 때문에 억지로 감정을 꾹꾹 누른다. 이렇게 하루 종일 냉탕과 온탕을 오가는 긴 하루가 지나고 나면 진이 빠져 집으로 향하기 일쑤다. 내가 아는 많은 동료 수의사가 항우울제나 공황장애 약을 먹으며 삶을 이어나간다.

현실적인 부분도 생각하지 않을 수 없다. 돈에 대한 압박과 고민이다. 동물병원을 개원할 때에는 병원의 크기에 따라 차이가 있겠지만, 목돈이 들어간다. 그리고 병원을 유지하고 경영하기 위해 끊임없이 고민과 노력을 해야 하고, 양질의 진료 서비스를 제공하기 위해서는 장비나 인력 확보에 지속적으로 투자해야 한다. 대부분의 동물병원이 잘되는 것 같아 보이지만, 서울/경기권의 동물병원 셋 중 한 곳은 개업 후 3년 내에 경영난으로 인해 폐업한다고 한다. 어느 직업군에나 그렇듯, 많은 수의사 중 폭리를 취하는 일부 수의사가 있을 수 있겠지만 적어도 내가 아는 수의사 중에 그런 수의사는 거의 없다.

아픈 동물과 보호자에게 하는 감정이입, 보호자와의 커뮤니케이션, 일상과 분리되기 어려운 업무의 특성과 현실적인 문제까지 임상 수의사라면 누구나 공감할 만한 힘든 부분들이 수의사 번아웃을 일으키고, 결국 극단적인 선택을 하게 만드는 것이다.

그럼에도 누군가 나에게 직업을 다시 택할 기회를 준다면 나는 다시 수의사를 택할 것이다. 동물들에게 더 나은 삶을 줄 수 있는 이 직업을 이미 사랑하기 때문이다. 많은 임상 수의사들이 나와 같은 생각으로 또 하루를 힘내서 살고 있을 것이다. 온 마음으로 서로를 응원하면서 말이다.

내 거친 손길,

그건 아마도

전쟁 같은 하루

소독제를 책상과 손에 듬뿍 뿌린다. 핸드타월로 소독제들을 모두 닦고 자리에 앉아서 다음 환자 차트를 열어 보고 이전에 병원에 왔던 기록을 확인한다. 예정된 재검진일이 아직 남은 시점이면 그사이 치료 중인 곳이 많이 아픈 건 아닐지 걱정이 커진다. 결국 직접 보호자와 환자를 만나봐야 알 수 있지만 자리에서 엉덩이 떼기가 무겁다.

“고돌이, 들어올까요?”

‘고돌이’는 만성신부전을 앓는 데다 요관에 결석이 있어서 추적 관찰하고 있는 녀석인데, 특별한 임상 증상이 없다면 2개월에 한 번씩 신장 수치와 요관의 결석 양상을 초음파 검사를 통해 확인한다. 만약 요관 결석이 완전히 폐색 형태가 되면 신장에 추가 부하가 걸리고 급성신부전이 생기므로 이럴 경우 최대한 빨리 수술해야 한다. 신장에서 형성된 요가 내려가는 통로인 요관이 결석 앞에서 부풀어 오르는지를 보고 그 정도를 알 수 있기에 영상 검사가 꽤나 중요하다. 어제 저녁부터 여러 번 구토를 하고 오늘은 식욕도 떨어졌다는 보호자의 이야기를 들으니 아무래도 걱정했던 상황이 발생한 것 같았다.

아니나 다를까 초음파 검사에서 요관 결석이 있던 좌측 신장의 신우부터 시작해서 결석 바로 앞부분까지 요관이 부풀어 있는 것이 확인됐다. 이대로 시간을 지체하면 그나마 제 기능을 하고 있는 좌측 신장까지 망가뜨릴 수 있기 때문에 바로 응급수술을 하기로 했다. 현재 상황에서는 직접 결석을 제거하는 수술 방법보다는 인공 요관을 장착하는 것이 예후가 더 좋을 거라는 판단에 오후 수술 예약을 잡았다. 보호자에게 이미 여러 번 설명한 상황이지만 다시 처음부터 질병의 진행과 수술 후 생길 수 있는 합병증을 안내하고 곧 수술 동의서의 작성을 요청했다. 고돌이의 작은 몸에 수액을 연결한 뒤, 보호자와 고돌이는 수술과 마취 회복 후 다시 만날 것을 약속하며 잠시 헤어졌다.

다시금 손과 책상에 소독제를 듬뿍 뿌리고 닦는다. 매 진료마다 진료실과 손을 소독하는 일은 대부분의 수의사가 습관처럼 하는 행동일 것이다. 소독을 하는 그 짧은 시간에 다양한 생각이 머리를 스쳐 지나곤 하는데, 이전 진료의 잔상이 많이 남아 있다면 그날은 꽤 녹록지 않는 날 중 하나다. 그만큼 앞서 진료를 보았던 고양이의 상태가 좋지 않다는 의미일 테니 말이다.

24시간 병원인 경우, 오전 진료가 끝나고 나면 점심시간이 되기 전 오전 팀과 오후 팀의 인수인계가 이루어진다. 입원 관리를 받고 있는 고양이들의 차트를 보면서 오전 시간에 진행했던 검사의 결과들과 현재의 컨디션을 전달한다. 6~7년차 과장급 수의사들이 주축이 되어 앞으로의 치료 방향을 논의하고 최선의 의사결정을 한다.

고양이를 치료함에 있어 가장 중요한 이 시간이 지나면 드디어 점심시간이다. 점심은 병원에서 가장 가까운 백반집으로 간다. 이곳을 선택한 이유는 아무래도 빨리 밥을 먹고 오후 진료 준비와 함께 수술 예정인 고돌이의 수술 전 처치까지 함께 준비해야 하기 때문이다. 점심시간이 조금 줄어들기는 하지만 담당하고 있는 고양이의 수술이 임박하면 변수를 최소화하여 치료에 빈틈이 없기를 바라는 마음이다.

그날 오후 외과 원장의 집도하에 고돌이 수술이 무사히 잘 끝났다. 마취에서 회복하는 모습을 보고 보호자에게 수술 경과와 마취 회복 소식을 알렸다. 안도하는 보호자의 밝은 목소리를 듣고 나면 그제야 나도 안정된 마음으로 남은 예약 진료를 보기 시작한다. 다음 진료는 나이 열두 살 된 고양이의 건강검진이다. 인간으로 치면 할아버지지만 너무나 동안에 애교가 많은 친구다. 나이가 무색할 만큼 건강검진 결과가 좋다. 건강검진 결과표에 첨부하기 위해 핸드폰으로 사진을 몇 장 찍었는데, 나중에 이런 사진들을 다시 꺼내 보며 이 아이는 잘 지내고 있을까 떠올리곤 한다.

진료하는 모든 아이가 병이 나아서 집으로 돌아가는 것은 아니지만, 치료받던 아이들과의 소중한 기억들이 수의사라는 직업을 유지할 수 있게 하는 큰 힘이 된다.

오늘 하루 동안 몇 번이나 손과 처치대를 소독했는지 셀 수 없을 때쯤 일과가 끝이 난다. 주치의로서 입원한 고양이들의 수액라인이 잘 유지되고 있는지 다시 확인하고 오늘의 처치표에서 빠진 것은 없는지 크로스 체크한다. 퇴근 후 인계를 받는 수의사에게 고양이의 상태와 성격적인 특성까지 설명하고 나면 드디어 퇴근을 할 수 있다.

저녁식사로는 햄버거를 먹을 예정이다. 오후 7시 퇴근이지만 오늘은 저녁 8시부터 입원 고양이의 영양관리에 대한 세미나가 있기에 간단하게 먹고 새로운 영양공급 트렌드는 무엇일지 기대하며 발걸음을 뗀다. 어제는 맞았지만 오늘은 그렇지 않은 새로운 지식과 신약이 쏟아져 나오기에 연차 높은 수의사라고 방심하는 순간 경험에만 의존하는 틀에 박힌 수의사가 될지도 모른다. 끊임없이 배우고 또 노력해야만 많은 환자에게 부끄럽지 않은 수의사가 될 수 있다. 세미나 장에 도착하니 오랜만에 열리는 오프라인 세미나인 만큼 꽤나 많은 수의사가 이미 자리하고 있다. 하루 종일 쉼 없이 진료를 보고 끊임없이 손 소독을 하며 거칠어진 손으로 악수를 나눈다.

오늘 강의를 맡은 강사의 "다들 눈은 피곤하신데 눈빛은 초롱초롱 하시네요. 기대에 어긋나지 않도록 오늘 강의 알차게 준비했습니다"라는 멘트와 함께 가벼운 웃음소리가 여기저기에서 터져 나온다. 아마 오늘도 집에 가면 밤 11시쯤이지 않을까?

동물병원의

사계절

오늘은 점심으로 콩국수를 먹었다. 자주 먹는 음식은 아니지만 여름이 되면 가끔 생각이 난다. 어렸을 때 어머니께서 알맞게 삶은 국수에 시원한 콩물을 붓고, 오이를 채 썰어 올려 주시면 여름철 별미로 그만한 게 없었다. 내가 나고 자란 전라도 지방은 콩국수에 설탕을 듬뿍 넣어 단팥죽처럼 고소하고 단맛이 나도록 간을 해 먹었다. 대학교 시절 서울에서 온 동기가 콩국수에 소금으로 간을 해 먹는 것을 보고 얼마나 기함했는지 모른다.

사실 콩국수를 먹는 여름철은 동물병원이 1년 중 가장 바쁜 시기이다. 개들은 덥고 습한 날씨 때문에 피부병을 달고 살고 고양이들도 더웠다가 추웠다가 오락가락하는 집안 환경 때문에 면역력이 떨어져 여름 감기나 특발성 방광염에 자주 걸린다. 게다가 보호자들이 여름철 휴가를 떠나면 며칠간 보호자와 떨어져 지낸 반려동물들이 이런저런 질병에 걸려 동물병원을 찾는다. 간단한 피부병이야 소독을 하고 적절한 약을 처방하면 일주일 내에 좋아지지만 고양이의 특발성 방광염은 입원을 하는 경우가 많았다.

특히 내가 기억하는 '심바'라는 고양이는 여름철 보호자의 해외 출장이 시작되기만 하면 혈뇨를 보고 어떨 때는 요도가 막혀 병원에 일주일씩 입원하는 경우가 자주 있었다. 집에서는 알약도 스스로 꿀꺽 먹는 만에 하나 있는 착한 고양이이지만, 병원에서는 너무나 사나워서 모든 스태프가 쩔쩔매는 고양이였다. 집사가 집을 비울 때면 지인이 방문해서 사료와 물을 갈아주고 화장실 청소도 해주지만 집사 바라기인 이 녀석은 집사의 부재에 엄청난 스트레스를 받는지 항상 특발성 방광염과 요도 폐색으로 병원을 찾고는 했다. 보호자도 일을 해야 하는 상황이기에 이를 어찌할 수는 없어 안타까웠다. 바쁜 여름의 시작은 심바가 알려준다고 해도 과언이 아니었다. 3년쯤 이런 여름이 반복됐는데 다행인 것은 심바를 항상 보살펴주던 지인이 심바를 완전히 입양하기로 결정한 것이었다. 다행히 보호자가 안정적으로 집에서 생활하는 가정에 가게 된 심바는 다시는 특발성 방광염으로 병원에 오지 않았다.

여름철 한창 바쁜 날에는 끊이지 않는 진료로 녹초가 되고 늦은 퇴근을 하기도 했는데 그럴 때는 비슷한 처지의 다른 병원 동료 수의사에게 연락을 오히려 자주 했다. 너무 피곤하지만 그냥 집에 들어가서 쉬기에는 아쉬운 날이면 여기저기 전화를 걸어 약속을 잡고 치킨에 간단히 맥주를 마시며 '오늘은 진료를 몇 개나 봤네', '요즘 이런 케이스의 환자가 자주 내원을 하네', 마지막에는 '수의사는 너무 힘든 직업인 것 같아'를 연거푸 외치며 맥주를 들이켰다. 그럼에도 임상 수의사들이 만나서 하는 이야기의 8할이 진료 봤던 환자 케이스와 치료 방법 예후에 대한 이야기라는 것을 생각해보면 참 이 직업이 천직인가 싶다. 가끔 새로운 약물을 적용했다는 이야기를 들으면 얼마나 효과가 좋았는지 혹시 치명적인 부작용은 없었는지 물으며 내일 병원에 입원한 비슷한 상황의 환자에게 적용해볼지를 고민하던 모습은 여름철 수의사들의 낭만이었다.

그렇게 바빴던 여름이 한풀 꺾이고 나면 잠깐 한가해지는 시기를 보내고 추석을 기점으로 동물병원은 다시 정신없어진다. 추석 시즌이면 집에서 맛있는 음식이 차려지고 가족 친지들이 모이기 때문에 개들은 기름진 사람 음식을 실컷 먹어 췌장염과 장염으로 연달아 병원을 방문하고 고양이들은 역시나 스트레스성 질병들로 병원에 온다. 개들은 사람들이 준 음식 때문에 아프고 고양이들은 사람들의 방문으로 아픈 걸 보면 이 둘의 차이가 극명하다. 개들은 맛있고 기름진 전 냄새와 웅성거리는 사람들의 방문이 설레었겠지만 고양이들은 그것만으로도 긴장되고 속이 쓰렸을 테니 말이다. 개는 사람과 살기 시작한 오래전부터 사회적 동물이었기에 다른 개들, 다수의 사람들과 지내기가 한결 수월하지만 고양이는 고독한 사냥꾼이었기에 낯선 존재들이 딱히 반갑지 않다.

명절에도 운영되는 동물병원은 응급 환자의 내원도 늘어나는데 이는 동네의 많은 소규모 병원이 휴일에 문을 닫는 것과도 상관이 있다. 명절에 문을 여는 병원을 찾아와야 하기에 거리가 있는 곳에서 오는 신규 내원 보호자도 많다. 갑자기 반려동물이 아픈데 원래 다니던 병원을 갈 수가 없으니, 이런 보호자들에게서 새로운 병원에 들어서는 약간의 긴장과 낯섦이 느껴진다. 그러다 보니 신뢰가 쌓이지 않은 상태에서 서로의 의사소통이 오해를 낳기도 하고 컴플레인 발생률도 높아질 수밖에 없다. 명절 때 근무했던 수의사들이 유독 홀쭉해 보이는 것은 명절에 고향을 찾지 못함도 있겠지만 보호자와의 의사소통에 상당히 애를 먹었다는 증거이기도 하다.

어느덧 겨울이 오면 외출을 꺼리는 보호자들 심리 상태만큼 동물병원도 한가해지는 경우가 많다. 심각한 질환이 아니면 내원보다는 전화를 통해 정말 병원에 가야 할지 문의하는 경우가 많고 아이들도 피부병과 같은 간단한 질병이 많이 줄어들기 때문에 병원 내원 빈도수가 많이 떨어진다. 그러는 동안 동물병원 스태프들은 조금씩 체력을 비축하고 내부 시스템을 점검하면서 다음 해를 준비한다. 그동안 조금은 미뤄

두었던 학술 스터디에도 집중하고 지난 케이스를 돌이켜보면서 수의사로서의 역량을 높이는 시간으로 활용하는 것이다.

조금 특이한 존재들

흔히 임상 수의사라고 하면 개와 고양이를 진료하는 수의사만을 떠올리기 쉬운데, 사실 인간과 함께 생활하는 동물의 종류는 생각보다 많다. 햄스터, 고슴도치, 새부터 도마뱀이나 뱀 등 조금은 특별한 동물을 반려동물로 기르는 가구도 증가하고 있다. 편의상 '특수동물'이라고 통칭하지만, 사실 특수동물의 범주에 포함되는 동물은 각각의 개체별 특성, 잘 생기는 질병, 성격, 수명 등이 모두 다르다. 개와 고양이가 개체마다 특성이 다르듯, 어떻게 보면 아주 당연한 일일 것이다. 따라서 특수동물 진료의 시작은 다양한 종에 대한 이해와 공부가 필수적이라고 할 수 있다.

지금은 고양이만 진료를 보는 고양이 특화 병원에서 수의사로 근무하고 있지만, 예전에는 개를 비롯하여 다른 동물들의 진료도 함께 봤었다. 그중 가장 기억에 남는 몇몇 동물에 대해 이야기해보고자 한다.

임상 수의사로 근무한 지 얼마 되지 않았을 때였다. 여느 날처럼 야간 당직 근무를 하던 중, 갑자기 한 보호자가 플라스틱 통을 들고 병원에 뛰어왔다. 자초지종을 들어보니, 새로 키우기 시작한 뱀이 미동이 없어 급한 마음에 늦은 새벽, 병원으로 뛰어온 것이다.

뱀에 대해서는 학과 수업 중에 배운 적은 있지만, 실제 환자로 만난 것은 그때가 처음이었다. 나는 내심 당황한 마음을 숨긴 채, 태어나서 처음 뱀을 진료하기 시작했다. 고양이나 다른 동물을 진료하듯이, 신체검진PE(physical examination)을 먼저 진행했다. 우선 상태 파악을 위해 플라스틱 통을 열어보니 아주 작은 실뱀이 똬리를 틀고 있었다. 의료용 핀셋으로 뱀을 살짝 깨워 보니, 무슨 일이냐는 듯 고개를 들고 나를 쳐다봤다. 다행히도 그때의 진료는 초보 뱀 집사였던 보호자가 쉬거나 잠을 자고 있는 뱀을 보고 아픈 것으로 착각하여 병원에 온 해프닝이었다. 그러나 다시 생각해봐도, 당시 그 뱀이 심각하게 아팠던 경우라면 고양이 전문 수의사인 내가 해줄 수 있는 처치가 많지 않다. 때문에 꼭 특수동물 특화 병원으로 내원이 필요한 것이다.

뱀 진료보다 조금 더 거슬러 올라가, 학부 시절 태국의 야생동물 보호구역을 관리하는 대학교로 의료 실습을 갔던 기억이 난다. 당시 태국에서는 우리나라에서 접하기 어려운 동물의 진료가 상대적으로 많았다. 개와 고양이의 진료 비율과 야생동물의 진료 비율이 반반 정도 되었다. 실습 기간 동안 외상을 입은 물고기나 원숭이, 부리가 부러진 새, 난산을 겪고 있는 거북이 등 다양한 동물을 만났다. 이렇게 다양한 종에 각각 특화된 수의사들이, 각자의 분야에 집중해서 심도 깊은 진료를 할 수 있는 환경을 보며 매우 부러워했던 기억이 난다.

안타깝지만 아직까지 국내에 특수동물 특화 병원이 많지는 않다. 그러나 반려 문화가 고도화되면 될수록 사람 의학처럼, 임상수의학 또한 더욱 세분화되고 심화되는 추세이니 특수동물 수의사와 특수동물 특화 병원 또한 계속해서 증가할 것임은 의심할 여지가 없다. 최근 매체에서도 대동물 수의사나 벌 수의사 등 특수동물 전문 수의사가 두각을 드러내고 있다는 점도 고무적인 현상이다.

4부

살랑이는 꼬리

그래도 여전히 동물을 사랑합니다

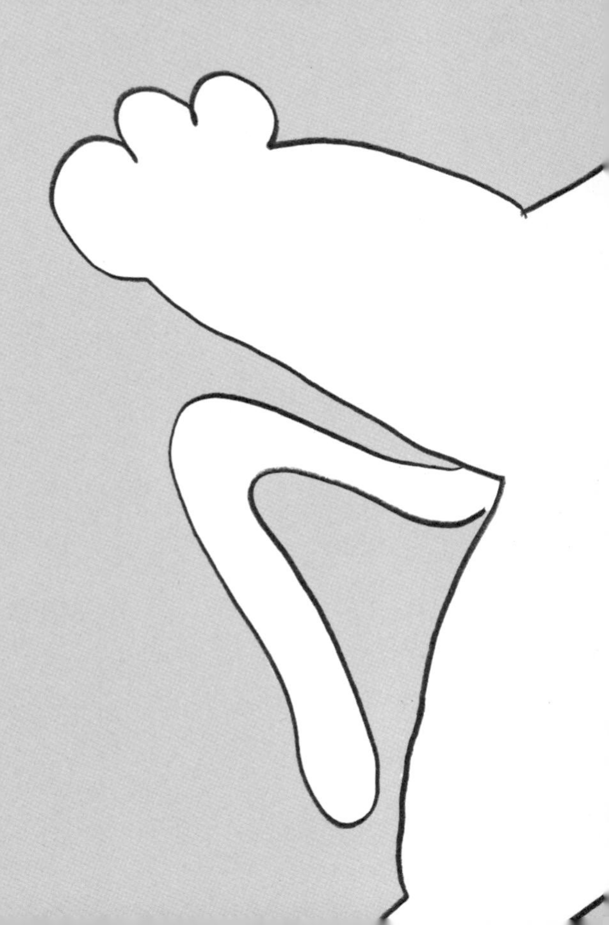

텔레비전에
내가 나왔으면
정말 좋겠네

내가 수의사로서 TV에 본격적으로 출연한 것은 MBC 〈마이 리틀 텔레비전〉부터였다. 물론 그 전에도 SBS 〈동물농장〉과 같은 프로그램에 잠깐씩 출연한 적은 있었지만, 주연급(?)의 출연은 2017년 〈마이 리틀 텔레비전〉 출연이 처음이었다. 당시 포맷은 연예인의 집에서 해당 연예인이 반려하는 고양이와 함께 고양이에 대한 정보를 알려주는 형태였는데 이 모든 것이 생방송으로 진행되었다. 물론 TV 방송은 편집을 거쳐 나왔지만 말이다. 촬영 전에 프로그램 작가님과 여러 차례 미팅을 하며 방송의 방향을 정하는 과정이 있었는데, 마지막까지 견해 차이를 좁히기 어려운 부분이 있었다. 바로 고양이가 '영역동물'이기 때문에,

스튜디오로 고양이를 데려와서 촬영하면 고양이들이 얼어붙거나 공격성을 보일 수 있어 촬영이 어렵다는 점이었다. 불과 몇 년 전인데도 지금보다 고양이에 대한 정보가 훨씬 적었던 터라, 담당 작가들에게 앵무새처럼 '영역동물이란…' 하며 설명을 했던 기억이 난다. 결국 나의 만류로 스튜디오 촬영은 무산되고, 출연 연예인의 집에 방문하여 촬영을 하게 되었다.

하지만 고양이와 방송 촬영을 위해 넘어야 할 산은 그것뿐만이 아니었다. 작은 변화에도 예민한 고양이의 특성상 나를 포함한 촬영 팀의 방문은 고양이에게 공포 그 자체일 것이기 때문이었다. 그나마 나에게 동아줄 같았던 희망은, 출연 고양이 둘 중 한 마리가 3개월령 근처의 아기 고양이였다는 점이다. 사회화 시기의 고양이는 영역에 대한 개념이 잡히기 이전이기 때문에 낯선 공간, 낯선 사람에 대한 위화감이 크지 않다.

드디어 촬영 당일, 현장의 상황은 상상보다 심각했다. 한 고양이는 숨어서 얼굴을 전혀 보여주지 않았고 아기 고양이는 카메라에 모습을 보여주었지만 워낙 에너지가 넘치는 시기여서 카메라 앵글 안팎으로 사방팔방 뛰어다녔다. 어찌되었든 다행히 방송은 '고양이 없는 고양이 방송'으로 유쾌하게 진행되었다.

그렇게 촬영이 끝나고 가장 먼저 들었던 생각은, 아직까지 대중의 고양이에 대한 이해도가 높지 않다는 점이었다. 촬영을 위한 미팅을 진행하며 '개는 되는데 고양이는 왜 안 되느냐'라는 질문을 수차례 받고, '고양이는 개와 달리…' 하는 답변을 수차례 했던 기억이 난다. 이렇게 신비롭고 사랑스러운 고양이에 대한 제대로 된 정보를 알리기 위해서는 무언가가 필요하다는 생각을 그즈음 했던 것 같다.

그리고 몇 개월 뒤, 당시 근무하던 병원으로 나의 이런 갈증을 해소해줄 만한 연락이 왔다. EBS 〈세상에 나쁜 개는 없다〉 팀에서 당시 가칭 〈세상에 나쁜 고양이는 없다〉라는 프로그램을 기획하는데, 전문가로 출연 제의가 온 것이다. 반가운 마음 반, 두려운 마음 반으로 담당 피디, 작가님과 미팅을 진행했다. 두려운 마음이 반이었던 이유는, 프로그램의 포맷에 대한 의구심 때문이었다. 〈세상에 나쁜 개는 없다〉에서 보이듯 가축화가 완료된 개들은 몇 시간, 며칠의 훈련만으로도 눈에 띄게 행동이 달라질 수 있는 반면, 아직까지 가축화가 진행 중인 고양이에게는 훨씬 많은 시간과 노력이 필요하기 때문에 매주 송출해야만 하는 방송 포맷으로 적합한지에 대한 의문이었다. 그러나 '일단 부딪혀 보자!'라는 생각으로 2018년 2월, 〈고양이를 부탁해〉 첫 촬영을 시작했다.

첫 촬영은 아직도 생생하게 기억이 난다. 오랜 기간 해결되지 않는 합사 사연이었는데, 무려 일곱 시간이나 쉴 새 없이 촬영이 이어졌다. 요령도 없이 최선을 다해 내가 알고 있는 것들을 전달하려 했던 기억이 난다.

어느덧 햇수로 5년간 출연했던 수많은 고양이의 상태가 좋아지고, 〈고양이를 부탁해〉를 통해 고양이 반려 문화가 눈에 띄게 개선되는 모습을 지켜보면서 느끼는 만족감은 이루 말로 표현할 수 없을 정도이다. 고양이가 어떠한 동물이고 무엇을 원하는지 어떤 이야기를 자신들의 방식으로 표현하는지를 보호자들이 관심을 가지고 받아들이기 시작한 모습이 이 방송을 시작하고 난 가장 큰 보람이다. 방송을 시작하면서 자연스럽게 여러 가지 매체를 통해 보호자들과 함께할 수 있는 기회도 많아졌다. 고양이를 반려하는 집사의 행동 지침을 담은 저서를 내기도 했고, 개인 유튜브 채널을 통해서 방송으로는 다하지 못했던 정보를 공유하고 있다. 수의사로서 고양이를 치료하는 것도 보람찬 일이지만, 고양이에 대한 정보를 갈구하는 대중과 소통한다는 것도 그 무거운 책임감만큼이나 정말 매력적인 일이다.

가끔 병원으로 고사리 손으로 꾹꾹 눌러 적은 편지가 오기도 한다. 방송이나 유튜브를 통해 나를 알게 되어 고양이 행동 전문가 또는 고양이 수의사가 장래희망이 되었다는 귀여운 내용이다. 그런 편지를 볼 때면, '아, 내가 밟아놓은 길이 누군가가 따라올 수 있는 이정표가 될 수도 있겠구나' 하는 생각이 들면서 나도 모르게 아빠 미소를 짓게 된다.

'유튜브 채널 만드는 법'을 검색하다

나는 수의사이자 방송인, 작가이면서 동시에 유튜버이다. 2018년 처음 시작한 유튜브 채널 〈미야옹철의 냥냥펀치〉는 이제 구독자 30만을 넘긴 어엿한 중견(?) 채널이 되었다.

처음 유튜브를 개설했던 날이 생각난다. 당시 EBS 프로그램 〈고양이를 부탁해〉와 병원 운영으로 눈코 뜰 새 없이 바쁘던 때였는데, TV를 통해 얼굴을 알릴수록 방송 외의 채널에서 고양이 관련한 정보를 얻고 싶다는 이야기를 정말 많이 들었다. 그리고 나 또한 주 1회 방송되는 〈고양이를 부탁해〉만으로는 다 전달할 수 없는, 고양이에 대해 전하고 싶은 정보가 많았다. 그렇게 나의 유튜브 채널은 자의 반, 타의 반으로 개설되었다.

시작은 정말 간단했다. 책상에 앉아 '유튜브 채널 만드는 법'을 검색한 것이 첫 번째였다. 그리고 바로 난관에 부딪혔다. 채널 이름을 뭘로 하지?

'미야옹철TV', '미야옹츄르', '미야옹철의 묘한진료실' 등등 쟁쟁한 후보를 뒤로 하고 낙점된 이름은 현재의 채널 이름인 〈미야옹철의 냥냥펀치〉였다. 고양이들의 귀엽지만 앙칼진 '냥냥펀치'처럼 집사들의 마음을 저격하기를 바라며 지은 채널 이름이었다.

지금 생각해보면 처음 촬영은 정말 허접하기 짝이 없었다. 어떤 카메라로 어떻게 찍어야 될지도 몰랐던 당시, 마이크도 없이 그냥 핸드폰으로 촬영하곤 했다. 당시 영상을 다시 보면, 영상의 초점이나 음질, 효과 등등 아쉬운 점이 정말 많이 보인다. 하지만 시간이 제한적인 TV 방송에서 다하지 못한 고양이에 대한 디테일한 정보나 질병 정보 등을 공유하기 시작했다는 점은 정말 좋았다.

매주 2회씩 영상을 촬영, 편집하여 업로드하는 일은 생각보다 훨씬 더 어려웠다. 자는 시간과 휴일을 쪼개 촬영을 하고, 섬네일부터 제목까지 하나하나 정하는 일이 초반 1년 정도는 익숙해지지 않았다. 게다가 TV 방송과 다른 유튜브의 특성상 짧은 시간 내에 하고 싶은 말을 기승전결로 전달해야 했기 때문에 시청자들이 보고 싶어 하는 내용과 내가 말하고 싶은 내용의 접점을 찾아나가는 과정은 꽤 오랜 시간의 시행착오가 필요했다.

초반에는 나 혼자 등장하여 처음부터 끝까지 고양이에 대해 설명하는, 강의에 더 가까운 콘텐츠였다면 현재는 집에서 반려하는 반려묘 사모님, 애기씨와 함께 채널에서 휴모님으로 불리는 아내가 등장하면서 조금 더 편안한 콘텐츠가 주가 되었다. 특히 휴모님이 전문가가 아닌 일반 시청자들의 입장에서 궁금해할 만한 내용을 질문하고 내가 거기에 대답하는 형식이 되면서 사소하지만 실질적으로 궁금했던 내용을 가려운 데 긁어주듯이 충족시켜 준다는 구독자 의견이 많아졌다.

내가 본격적으로 유튜브를 하기 전에는 고양이에 대한 정보를 얻을 수 있는 루트가 정말 적었다. 게다가 그 정보가 실제로 맞는 정보인지도 확실치 않았으며, 실제로 말도 안 되는 잘못된 정보가 사실인 것처럼 공유되기도 했었다. 그런 부분들을 유튜브를 통해 하나하나 바로잡으면서, 여러 집사들이 실제 고양이 반려 생활에 큰 도움이 되었다고 할 때 큰 보람을 느꼈다.

예를 들자면, 2년 전까지 전염성 복막염이라는 고양이 질환은 불치병이었지만 현재는 항바이러스제 투약을 통해 완치가 가능하다. 게다가 이 질병을 막기 위해서 개발되었던 백신은 한동안 활발하게 사용되었다가 결국 그 효용성이 없는 것으로 판단되어 더 이상 사용하지 않는 추세다. 한 가지 질병을 보더라도 당시에 옳다고 믿었던 정보가 계속해서 바뀌기 때문에 전문 지식을 기반으로 하는 채널은 계속해서 최신 정보를 전달하기 위해 노력해야만 한다.

그렇다고 지금의 채널에서 정보성 내용만 다루는 것은 아니다. 고양이가 얼마나 사랑스러운 동물인지 더 많은 사람들이 알아주기를 바라는 마음으로(여기에 우리 집 고양이들의 예쁜 모습을 자랑하고 싶은 마음도 물론 있다), 지금 반려 중인 사모님과 애기씨가 주인공이 되는 영상을 올리기도 한다. 또 실제로 많은 반려 가정에서 발생하는 다양한 상황들을 제보 받아 궁금증을 해결해주거나 다른 고양이 채널에 등장하는 고양이들의 속마음을 풀이해주는 콘텐츠를 하기도 한다.

채널을 운영하며 정말 놀랐던 점은, 채널 구독자 중 고양이를 반려하지 않는 구독자의 비율이 50퍼센트가 넘는다는 설문조사 결과였다. 고양이 정보를 공유하는 채널이지만 고양이를 반려하지 않는 예비 집사나 랜선 집사도 고양이에 대해 이렇게나 큰 관심을 가지고 있다는 점이 우리나라 반려 문화의 미래가 밝다는 증거이지 않을까.

내가 보여주고 싶다면 그 무엇이라도 담을 수 있는 개인 방송국인 만큼 책임감도 크고, 가끔은 자유의 감옥에 빠져 새로운 기획 진행이 힘들기도 하지만, 그 묘미를 맛보며 새로 도전하고 싶은 것들이 생기고 나 스스로도 발전하는 기분이 들어 뿌듯하다. 여러 댓글 중에서도 채널의 정보를 바탕으로 고양이의 문제 행동이 개선되었다거나 질병을 일찍 알게 되어 빠르게 치료했다는 내용을 보게 되면 다시 한 번 힘이 난다.

진료실 밖에서의 새로운 도전

고양이 전문 유튜브 채널을 운영한 지 벌써 만 4년이 되었다. "안녕하세요, 미야옹철 김명철 수의사입니다!" 이 오프닝 멘트를 벌써 400회 넘게 했다고 생각하니 감회가 남다르다. 채널을 오픈한 후 처음으로 공개한 영상을 다시 재생시키니 손발이 오그라들어서 끝까지 보지도 못하겠다. 발성은 왜 저렇게 불명확하고 말하는 속도는 왜 저렇게 느린지! 재생 속도를 1.5배로 설정해야 지금 올리는 영상의 기본 재생 속도와 비슷해진다. 앞에서 이야기했듯이 EBS 〈고양이를 부탁해〉에 출연하다가 시작한 유튜브, 공중파 방송 포맷에서는 자세히 설명할 수 없는 고양이에 관한 지식을 잘 전달해야지 하고 막연하게 생각했지만 막상 시작하니 많은 것이 너무나 어려웠다.

가뜩이나 진료만 보는 수의사로 살아왔던 내가 유튜브를 하다 보니 말하는 내용 대부분이 진료실에서 보호자와 상담하는 것 같은 톤에다 정보를 나열하는 식이었고, 아무래도 많은 사람들에게 전달되기에는 한계가 많았다. 그 내용을 공부하듯이 처음부터 끝까지 보기에는 너무 지루했던 것이다.

지속적인 시청 시간을 콘텐츠 내용이 끝나는 순간까지 유지시키려면 전달력이 가장 필수적이라는 점을 깨닫는 데 1년이 걸렸다. 게다가 진료를 볼 때 사용하는 화법이 대부분 미괄식이었던 것에 비해 유튜브에서는 두괄식 화법을 활용해야 사람들이 몰입할 수 있다는 것을 알게 된 이후부터는 평소 이야기하는 습관을 바꾸기 위해서도 많은 노력을 했다.

만약 고양이의 눈에 대해 설명한다고 가정해보았을 때, 미괄식이라면 이렇게 말할 것이다.

"고양이 눈의 특징을 한번 살펴보겠습니다. 고양이의 눈에서 특징적인 부분은 반사판과 제3안검이라는 구조물입니다. 반사판이 있기 때문에 고양이는 어두운 곳에서도 아주 적은 광량으로도 잘 볼 수가 있죠. 제3안검은 평소에는 잘 보이지 않지만 결막에 염증이 생기거나 탈수 상태에서 관찰되는 내안각에 위치한 덮개입니다. 또한 정체시력보다는 동체시력이 더 좋고 가까운 곳에 있는 것보다는 조금 더 멀리 위치한 것을 잘 볼 수 있다는 특징이 있죠!"

하지만 이 내용을 두괄식으로 전달한다면 이렇게 달라진다.

"고양이의 눈은 인간과는 완전히 다릅니다. 밤에도 인간보다 훨씬 잘 볼 수 있고 움직이는 날파리의 움직임을 기가 막히게 포착하고 잡으러 가지만, 눈앞에 떨어져 있는 간식은 보지 못하고 그냥 지나치죠. 눈 안에 있는 반사판이라는 구조물은 야간시력을 비약적으로 높여주고 시신경은 움직이는 날짐승을 포착하고 사냥할 수 있도록 동체시력에 최적화되어 있습니다. 심지어 인간과 비교하면 머리 크기에 비해 압도적으로 큰 안구를 가지고 있어서 인간에게 모성애를 유발하게도 합니다. 그렇게나 맑고 아름다운 눈동자를 하얀 막이 가리기 시작했다면 어딘가 아프다는 증거일 수 있으니 주의해야 하지요! 제3안검이라는 구조물은 대부분 고양이가 아플 때 돌출되거든요!"

본인이 알고 있는 전문 지식을 스스로가 편한 방식으로 이야기하는 것이 대부분 전문가의 특징이라고 생각한다. 하지만 이러한 점이 전문가들이 유튜브를 할 때 어려움을 겪는 이유 중 하나이기도 하다. 지식 습득을 위해 콘텐츠를 볼 수 있지만 보는 이의 흥미를 끌 수 있을 만큼 쉽고 재미있지 않으면 채널을 구독하면서까지 새로운 영상을 계속해서 보지 않기 때문이다. 그래서 초창기 기획하고 만들었던 영상들은 '고양이 예방접종의 A to Z', '고양이 합사의 A to Z'처럼 내가 잘 아는 지식을 총망라하고 10분이 넘는 시간 동안 정보만을 나열하는 형태였지만 이후에는 정보와 재미 요소들을 함께 전달하려고 노력한다. 고양이 행동이나 울음소리를 직접 모사하기도 하고 고양이 입장이 되어 연기를 하기도 한다. 사실은 콘텐츠 때문이라도 연기를 꼭 배워보고 싶어서 연극을 하는 배우에게 직접 연기를 배우러 다니기도 했다.

하나의 주제를 정하고 기획을 할 때 전문가로서 내가 전달하고 싶은 정보와 대중이 관심을 갖고 듣고 싶어 할 만한 재미있는 요소들을 함께 생각한다. 아무리 내가 전하고 싶은 말이 중요한 내용일지라도 상대방이 듣고 싶지 않다면 잔소리일 뿐이니 이런 노력은 필수이다.

이런 일련의 과정이 매주 반복된다. 나도 인간이기 때문에 가끔은 힘이 든다. 하지만 집사들이 자기 고양이의 8할은 〈미야옹철의 냥냥펀치〉 채널이 키웠다면서 고맙다고 남긴 댓글을 보고 나면 피로감이 씻은 듯 사라진다.

개인의 유튜브 채널 운영은 끝이 없는 마라톤 경기와도 비슷하기에 한편 제작에 모든 것을 쏟아부어서도 안 되고 그렇다고 의무감으로 한 편을 때워서도 안 된다. 항상 업데이트되는 새로운 지식을 잘 정리해서 보관해야 하고 유튜브 언어로 잘 정리한 후에 채널 구독자들에게 선보이는 작업. 이 끝이 없는 작업을 진행하면서도 새로운 포맷을 찾아내서 새로움을 항상 유지하려고 한다. 특히나 요즘은 숏폼이라는 1분 이

내 영상의 인기가 높기 때문에, 정해진 더 짧은 시간 동안 메시지 전달을 하는 방법에 대해서 고민이 많다. 또한 지금까지 만들었던 영상들이 고양이 보호자들을 위한 유익한 내용이기에 우리나라에만 그치지 않고 더욱 많은 나라에 선보이기 위해 준비 중이다.

진료실이라는 한 평 남짓 공간에서 진료만 보던 내가 지난 4년 동안 유튜브 크리에이터로도 활동하다 보니 자연스레 새로운 시야가 생기고 더 도전하고 싶은 일들이 자꾸만 생겨난다는 것이 신기하기도 하지만, 당장 오늘 저녁에는 이번 주 콘텐츠 촬영을 해야 한다. 옆에서 자고 있는 반려묘 사모님과 애기씨의 응원을 받으면서 또 한 번 외쳐야지!

"안녕하세요, 미야옹철 김명철 수의사입니다!"

아주
현실적인 이야기

'진료단가 문제 및 병원 운영의 현실적 어려움', '반려동물 집사들의 오해와 갈등', '수의사들은 돈만 밝힌다', '생명을 돈으로 본다' 등등.

많은 수의사의 가슴에 와서 비수처럼 박히는 이야기들이다. 이렇게 생각하고 이야기하는 보호자의 마음을 이해하지 못하는 것은 아니다. 내 주변 의사 지인들마저도 동물병원 진료를 보고 진료비를 내고 나면 우스갯소리로 '이렇게 버니까 수의사가 의사보다 낫지. 너 금방 부자 되겠다'라고 한다.

'에이, 아니에요. 병원 어려워요' 하며 이야기를 하면 받아들이는 입장에서 이 이야기가 무게감 있게 들릴지 또는 가벼운 엄살이나 푸념으로 들릴지 감이 오지 않는다.

얼마 전 팔꿈치가 아파서 정형외과에 갔다. 초진에 엑스레이 촬영과 물리치료까지 30분 받았는데, 내가 낸 진료비는 2만 원 정도. 순간 동물병원의 수가는 얼마나 터무니없이 비싸게 느껴질지 수긍이 됐다. 만약 비슷한 검사와 비슷한 치료를 동물병원에서 진행했다면 최소 다섯 배 정도의 비용이 청구되었을 것이기 때문이다.

하지만 이렇게 비싼 진료비를 받으면서도 동물병원 개원의들의 한 달 벌이가 사람 전문의들 월급의 60~70퍼센트 수준이고, 그마저도 고용된 수의사들은 40~50퍼센트 수준밖에 되지 않는 다는 것은 참으로 모순적이다.

왜 보호자들이 그렇게나 큰돈을 지불했음에도, 수의사들의 벌이는 사람 병원 근무자들에 비해 훨씬 적은 것일까? 여기에는 몇 가지 구조적인 문제와 세법적인 요소들이 포함되어 있다.

먼저 사람 병원들은 대부분의 혈액 검사들을 외부 의뢰 검사를 통해 결과를 확인하기 때문에 처음부터 병원에 혈액 검사 장비를 설치하지 않는다. 그런 이유로 우리가 피 검사를 한 경우 그 결과는 다음 날, 또는 주말이 끼어 있을 경우 그다음 주가 되어야만 결과를 들을 수 있다.

하지만 우리나라 대부분의 동물병원은 혈액 검사 장비를 기본적으로 모두 설치한다. 동물은 사람보다 재방문이 어려울뿐더러 보호자들이 신속한 진단을 통한 빠른 처치를 원하기 때문이다. 이렇게 혈액 검사 장비의 기본 설치에만 1억 원에 가까운 돈이 들어간다. 따라서 보통 동물병원에 내원한 환자들은 두 시간 내외의 시간에 현재 건강 상태를 정확하게 파악할 수 있다.

영상 진단을 위해서도 엑스레이나 초음파 기기를 설치하는데, 이 비용 또한 보편적으로 1억 원에서 1억 5000만 원 정도 발생한다. 영상 검사는 말을 할 수 없고 이물 섭식과 같은 문제들이 자주 발생하는 동물에게 필수적인 검사이다. 게다가 이런 장비들은 최소 5년 단위로 업그레이드가 되어야 진단의 정확성을 높여갈 수 있기에 일종의 소모품으로 분류된다.

병원을 운영하는 인건비도 사람 병원과는 많은 차이가 발생한다. 동물은 보정이 필요하기에 채혈,

처치, 영상 검사 등 모든 과정에 수의사 외에 최소 한 명에서 두 명의 추가 인력이 있어야 검사 진행이 가능하다.

이러한 초기 투자비용과 유지비용이 있어야 보호자가 신뢰할 수 있고 수준 있는 진료가 가능한 동물병원이 되는데, 이런 경우 고정 유지비만 생각하더라도 아주 높은 비용이 발생한다.

실제로 내가 운영했던 동물병원도 큰 규모에 대부분 예약이 꽉 차 있었지만 손익분기를 넘기지 못한 기간이 아주 길었다. 이런 경우 보통 동물병원을 운영하는 수의사가 월급을 포기하거나 빚을 내 병원 운영을 이어나간다. 일종의 수준 있는 병원을 운영하고 싶은 고집이고 언젠가는 많은 보호자가 알아줬으면 하는 기대감 때문일 것이다.

그럼에도 보호자들이 느끼는 체감 진료비는 비쌀 수밖에 없다는 것을 알고 있다. 종종 입장을 바꿔 내가 보호자라면 퇴원할 때 내야 하는 진료비용이 정말 부담스럽겠구나 하는 순간이 꽤 많았기 때문이다.

상대적으로 비용이 저렴한 동물병원도 있다. 진료비를 낮추려면 장비의 등급을 낮추거나 24시간 진료를 포기하고 채용 인원을 줄여 인건비를 줄이는 등의 방법으로 지출을 낮추게 된다.

그런 이유로 저렴한 병원과 비싼 병원에서 서로 다른 진료비가 책정되다 보니 같은 항목의 혈액 검사를 하고도 어느 병원은 3분의 1 가격인데 다른 병원은 너무 비싸다는 컴플레인이 발생하게 된다.

외부에서 보았을 때 병원의 상세한 내부 상황을 알 수 없기에, 보호자들이 보기에는 '진료비가 다 제각각이네!'라는 생각이 들 수밖에 없는 것이다.

또한 건강보험 또한 사람 병원의 진료비가 싸게 느껴지는 큰 요인 중에 하나이다. 사람의 경우 병원에 가지 않아도 매달 건강보험료를 납부하기 때문에, 추후 병원에 갔을 때 그 혜택을 받을 수 있다. 그러나 반려동물의 경우에는 아직 동물 등록제도 초기 단계 진행 중인 상황에서 보험제도를 실행하는 것은 쉽지 않은 일이다.

그리고 사람의 경우 치료 목적의 병원비는 부가세도 면세된다. 그러나 동물병원은 면세 업종이 아니다. 가슴 아프지만 동물의 법적 지위가 '물건'에 지나지 않기 때문에, 동물을 치료하는 동물병원은 일반

개인사업자이다. 따라서 가뜩이나 비싼 진료비에 부가세가 10퍼센트 추가되기 때문에, 보호자들의 체감 지불 금액은 더 커질 수밖에 없는 것이다. 더욱 안타까운 점은 이 부가세라는 세금은 반려동물만을 위해서 사용되지도 않고 보호자와 수의사를 거쳐 일반 세금으로 흘러가 버린다는 점이다. 하지만 이 모든 역학 관계를 자세히 들여다보지 않으면, 보호자들의 입장에서는 이 세금까지 동물병원의 수익이라고 생각하기 쉽다.

어디에나 그렇듯이 질 낮고 나쁜 것을 비싸게 팔아 폭리를 취하는 사람들은 있다. 하지만 대부분의 수의사들은 완벽을 추구하고 더 나은 수준의 진료를 보기위해 부단한 노력을 기울인다. 진료비에 있어서 너무나 멀리, 양 끝단에 있는 보호자의 불편함과 수의사들의 억울함이 어느 지점에서 서로 만나 해결될 수 있으면 좋겠다.

다양한 규모의 동물병원들이 각각의 역량에 맞춰 병원비가 책정되고, 보호자도 이를 미리 알 수 있는 시스템이 갖춰진다면 지금보다는 소통이 쉬워질 텐데 하는 아쉬움이 늘 있다. 아직까지는 우리 세대에서 준비하고 이뤄나가야 하는 숙제들이 많이 남아 있는 것 같아 조금은 어깨가 무겁다.

외줄 타는

수의사

수의사에 대한 기대는 각자가 어느 위치에 있는지에 대해서 조금씩 차이가 있는 것 같다. 보호자의 생각, 병원을 운영하는 원장, 아직 공부 중인 학생들 모두 원하는 수의사 상이 있다. 보호자는 친절하고 진심을 다해 자신의 동물을 치료하면서도 진료비는 비싸지 않게 청구하는 수의사를 원할 것이고, 병원을 운영하는 원장 입장에서는 적절한 진료당 진료시간과 진료수가를 청구할 수 있으며 보호자와 의사소통이 잘되는 수의사를 꿈꾼다. 학생들은 수의사라는 직업에 부푼 꿈을 가지고 있기에 실력 있고 전문성 있는 전문가로서 존중받는 수의사를 꿈꾸는 것 같다. 여기에서 존중이란 근무시간과 연봉 모두가 포함되어 있다.

학생, 보호자, 그리고 병원 원장까지 모든 역할을 겪어본 내가 기대하는 이상적인 수의사는 어떤 모습일까? 이상적이라는 말이 모순적이게도 현실에 없을 법한 캐릭터에 대한 기대지만 나에게는 뚜렷한 그 모습이 있다.

첫째, 자신의 분야에 확실한 실력이 있는 수의사가 모든 것의 최우선이다. 싸고 친절한 진료를 제공하지만 실력 없는 수의사를 만나 우리 집 고양이들이 최선의 진료를 받지 못한다면 생각만 해도 피가 거꾸로 솟을 것 같다. 하지만 실력 있는 수의사라는 것은 짧은 시간에 갖추어지는 조건이 아니며 수의사라는 직업을 선택하여 퇴직할 때까지 평생에 걸쳐 노력하는 수의사에게 주어질 수 있는 수식어이다. 학문적인 부분에 대한 기본적인 이해도도 있어야겠지만 실전에서 쌓여가는 진료 케이스들을 소화시키며 성공과 실패 모두에서 그 이유를 찾기 위한 노력이 지속되어야 하는 것이다. 우리가 공부를 하면서 오답노트를 작성하듯이 50 대 50으로 보이는 치료의 선택지에서 비슷한 케이스가 누적되었을 때 51 대 49를 구분할 수 있어야만 비로소 그 분야의 대가가 될 수 있기 때문이다.

또한 내가 당연히 생각했던 지식이 시간이 지나면 새로운 논문으로 대체되고 신약과 기존 약마저도 치료 프로토콜이 달라지기 때문에 지식 업데이트는 필수적이다. 많은 수의사가 바쁜 진료 시간에 쫓기면서도 여러 학회를 다니고 새로 나온 논문을 찾아 공부하는 이유다. 이렇게 스스로를 발전시키며 자신이 진료하는 케이스에 책임감이 있어야만 수의사의 기본 목적, 최적의 진료로 최선의 결과를 만들 수 있게 된다. 물론 여기에 더해서 보호자의 감정 상태에 대해 공감 능력과 적절한 대화 기술이 있다면 금상첨화일 것이다.

둘째, 너무 감상적인 것보다는 이성적인 수의사가 좋다. 아픈 동물을 대하는 데 있어서 몰입하는 것은 좋지만 지나친 감정이입을 하는 경우 이런 수의사가 오랫동안 일을 유지하는 것을 본 적이 없다. 평생 한두 마리의 동물만 치료하고 말 것이 아니라면 일에 대해서는 프로의식이 필요하며 상황에 따라 냉철한 판단과 결정을 내리고 결과를 겸허히 받아들일 수 있어야 한다. 치료 결과에 대해 스스로 자책하기 시작하면 끝이 없고 결국은 무너져 내려 다른 아이들을 돌볼 수가 없다. 자책보다는 복기를 해야 하며, 복기는 나중에 더 나은 선택을 위한 과정이지 나를 채찍질하기 위한 시간이 아님을 알아야 한다.

셋째, 경제관념이 있어야 한다. 병원이라는 공간은 이윤 추구가 기반이 되어야 하며, 그렇지 않을 경우 안타깝게도 너무나 많은 병원이 꿈을 펼쳐보기도 전에 문을 닫는 상황에 직면한다. 병원의 직원 수의사라면 꼭 필요한 검사를 진행하는 데 주저함이 있어서는 안 되고, 또한 그 수가에 대해서는 정확한 청구를 해야 한다. 이 과정에서 보호자와 의사소통을 통해 이러한 검사와 처치가 필요한 이유를 충분히 설명하고 설득할 수 있어야 한다. 이러한 부분을 진행하지 못할 경우 아픈 아이의 상태가 악화되거나 나중에 보호자가 상실감을 가지게 된다면 수의사도 그 짐을 함께 짊어질 수밖에 없다.

또한 병원을 경영하는 수의사라면 원내에서 발생하는 상황들을 정확히 파악하며 보호자 응대, 진료, 사후관리까지 세심하게 관리할 수 있는 역량이 추가적으로 필요하다. 이를 위해 적절한 수의사를 고용하고 연봉 협상을 하며 필요한 원내 기준을 수의사가 실행할 수 있도록 교육이 이뤄져야 한다. 이런 부분이 부담스럽게 느껴져서 소규모 동물병원을 운영한다면 정확한 자기 객관화가 우선되어야 한다. 자기 객관화란 내가 할 수 있는 것과 할 수 없는 것에 대한 정확한 능력 평가가 있어야 한다는 점이다. 진료비가 욕심나기 시작하여 중증이거나 내가 치료할 수 없는 아이의 치료를 진행하는 경우 그 동물이 최선의 진료를 받게 될 가능성은 매우 낮다. 그럴 경우 규모가 더 크거나 전문화 병원으로 이송시켜서 상황에 맞는 적절한 치료가 이뤄져야만 하는데 이걸 알 수 있는 것은 지금 진료를 보고 있는 수의사뿐이기 때문이다.

넷째, 일이 아닌 자기 삶에도 균형을 잡을 수 있는 능력이 필요하다. 대부분의 동물병원이 공휴일 없이 일을 하고 주 5일, 게다가 근무시간을 초과하여 일을 하는데 퇴근 이후의 시간조차도 일에 잠식되는 경우가 많이 있다. 그렇기 때문에 자신이 주치의인 입원한 환자, 곧 재검일이 돌아오는 난치병 환자 등의 고민으로 휴식의 시간을 충분히 보내지 못하면 업무에 효율이 생길 수도 없으며 오랜 기간 일을 해나가기가 힘들어진다. 이를 해결하기 위해서 근무시간의 집중과 퇴근 이후 시간의 휴식을 구분할 수 있어야 한다. 또, 스트레스 지수가 높아질 경우 취미 생활, 심리치료 등을 통해 스스로의 '멘탈'을 구원하고 스트레스 내성을 길러야 할 필요가 있다.

이상적인 수의사를 적다 보니 이런 수의사가 되는 것이 정말 가능하기는 할까 하는 생각이 드는데, 그 이유는 각각의 요소들이 균형을 잘 잡지 못할 경우 다른 부분으로 금세 추가 기울기 때문이다. 실력이 있는 수의사가 되기 위해서는 끊임없는 노력과 투자가 필요하며, 그러면서도 삶의 균형을 잘 채워야 하고 스스로에게는 당연한 지식을 전달하면서도 보호자의 눈높이에 맞춰 쉬운 언어로 설명할 줄 알아야만 한다. 동물에 대한 애정은 있어야 하지만 그것이 연민이 되어서는 안 되며 경우에 따라 냉철한 판단을 내려야 한다. 그럼에도 모든 환자를 완치시킬 수는 없기에 어쩔 수 없는 실패를 받아들일 겸허함도 필요하다.

수많은 슬픔 끝에
작은 기쁨을 거두는 일

태평양에서 참치 어업을 하는 배 위, 건장한 남자들이 바쁘게 뛰어다닌다. 그물을 걷어 올리자 커다란 참치들이 거짓말처럼 떼 지어 올라오는데, 이를 급속 냉동하는 팀은 실로 엄청난 추위와 싸우고 있다. 고된 하루를 마치고 나서도 뭍에서 편하게 쉬는 것은 불가능하다. 이곳은 이미 육지에서 떠난 지 여러 날이 지난, 말 그대로 망망대해이기 때문이다. 배 위에서 먹고 자고 일하며 목표한 조업량을 다 채울 때까지는 바다에 머물 것이다. TV 채널을 돌리다 보면 다큐멘터리 프로그램 〈극한 직업〉에서 멈출 때가 종종 있다. 세상에 있는 여러 가지 직업 중에서도 정말 극한의 힘듦이 느껴지는 직업에 종사하는 사람을 보면 언제나 홀린 듯이 시선을 뗄 수 없다.

수의사라는 직업도 망망대해에서 작업을 하는 참치어선에 질 수 없는 '극한 직업'임에 틀림없다. 앞에서 언급한 것처럼 대부분의 수의사들은 육체적으로나 정신적으로 스스로를 보살피기 힘들 때가 많은데, 특히나 주치의로서 증상이 심각한 입원 동물을 관리하게 되는 경우에 더더욱 그렇다. 생사가 불확실할 만큼 아픈 동물들과 관계가 형성되는 순간부터 오직 살려내야 한다는 책임감이 주치의에게 부여된다. 이런 책임감으로 어떻게든 병인을 찾고 원인에 따른 적확한 치료를 진행하기 위한 노력이 시작되는데 이 과정이 단순하지 않다.

나는 가끔 수의사들이 병원에서 생활하는 동물(보통은 보호자가 찾아가지 않은 경우가 많다)들을 가만히 안고 토닥이는 모습을 목격하곤 하는데 그럴 때에는 최대한 조용히 자리를 피해준다. 동물을 좋아해서 수의사를 하는 그들이 스트레스가 극에 달하거나 너무나 지쳤을 때 쉬는 방법이라는 것을 알기 때문이다.

멀리서 보면 귀여운 동물들에 둘러싸여 '덕업일치'를 이룰 수 있는 직업인 것 같지만 조금 가까이서 보면 육체적으로 또 정신적으로도 많은 체력이 필요한 직업이 수의사이다. 마냥 동물을 사랑하는 마음만으로는 좋은 수의사가 될 수 없지만, 그렇다고 동물을 사랑하지 않으면 매일의 일과를 버티기 힘든 그런 직업. 필연적으로 이별이 예정되어 있는 직업. 항상 스스로를 향상하면서, 힘들어하는 보호자를 다독이고 필요하다면 설득을 해서라도 아이들을 포기하지 않도록 돕는 직업. 하지만 생사를 오가던 흐릿한 눈동자가 이내 또렷하게 나를 바라보며 눈인사를 건네는 순간에 그 모든 힘듦이 눈 녹듯 사라지는 직업. 보호자와 함께 울고 웃으며 생명을 지켜내는 직업. 내가 정말 사랑하는 나의 직업이다.

지구는 인간만의 공간이 아니다

요즈음은 반려동물 관련 업체의 사업자 등록증 업종란에 애완동물용품 취급이라고 기재되어 있는 것을 보면 묘한 반감이 생기곤 한다. 그도 그럴 것이 농림축산식품부가 발표한 2020년 동물보호에 대한 국민의식조사에 따르면, 우리나라 인구 중 1500만 명이 반려동물과 함께 살고 있다고 한다. 무려 네 가구 중 한 가구가 반려동물과 함께 살고 있는 것이다. 게다가 1인 가구, 2인 가구와 같은 가족 구성 형태가 늘어나면서 반려동물을 가족처럼 여기는 '펫팸족'이라는 신조어가 널리 사용되고 있다. 이에 따라 '펫코노미'(반려동물 관련 산업을 일컫는 신조어)도 급성장을 하고 있다.

하지만 내가 수의과에 다니던 2000년대 초만 하더라도 반려동물의 위상은 지금과 같지 않았다. 2007년 동물보호법 개정 이전에는 명칭도 반려동물이 아니라, 인간이 주로 즐거움을 누리기 위한 대상으로 사육하는 동물이라는 뜻의 '애완동물'이라는 단어가 주로 사용되었다. 당시 넘치는 수요에 따라 번화가에는 펫숍이 즐비했고 "너희 집 애완견 기르니? 품종이 뭐야?"라는 식의 대화가 당연했던 것은 물론이다. 당시 유행했던 '티컵 푸들'을 구매했는데 키우다 보니 너무 커져서 속은 것 같아 다른 품종의 아이로 바꾸고 싶다는 말을 실제로 진료 때 듣기도 했다.

애완견 붐이 일고 난 이후 급증한 유기견이 길과 보호소에 넘쳐나던 시기를 지나, 이제는 함께 사는 동물을 반려의 영역으로 들이는 보호자들의 비율이 눈에 띄게 늘어났다. 거기에 더해 미디어나 유명인들이 보호소에서 안타까운 상황의 동물들을 보살피거나 입양하는 모습을 보여주기 시작하면서 애완동물이 아닌 반려동물이라는 개념이 제법 견고하게 형성되었다.

사실 애완동물이라는 단어는 완구라는 장난감을 말할 때 쓰는 단어의 '완'을 사용한 것으로, 사랑스럽고 귀여운 관상용 동물 또는 옆에 두고 만지면서 귀여워할 수 있는 동물 정도의 의미다. 1983년 오스트리아 빈에서 열린 '인간과 애완동물의 관계'를 주제로 하는 국제심포지움에서 동물학자이자 노벨상 수상자인 콘라드 로렌츠Konrad Lorenz가 개, 고양이, 새 등 애완동물의 가치를 재인식하여 '반려동물Companion Animal'이라는 단어를 제안했고, 이때부터 반려동물이라는 단어가 사용되기 시작했다. 우리나라의 경우 이보다 늦은 2000년대 중후반부터 언론과 일상생활에서 널리 사용되기 시작했다.

용어의 힘은 아주 강하다. 애완에서 반려로, 두 글자의 변화만으로 가족의 개념으로 의미가 확장되었다. 물건에 대한 책임감과 반려 대상에 대한 책임감은 하늘과 땅 차이일 것이다. 이처럼 반려동물과 사람 사이의 심리적 거리가 과거에 비해 매우 가까워진 것은 사실이지만, 과연 현재의 우리의 인식은 이 용어에 발맞춰 발전하고 있을까?

개인적인 의견으로 우리나라는 아직 반려동물 선

진국이라고 하기 어렵다. 물론 반려동물 선진국이 되어가기 위해 많은 사람이 노력하고 있지만 올바른 반려 문화가 정착되기 위해서 해결해야 하는 숙제가 많이 남아 있다. 아직 초등학교에서는 동물에 대한 생명 존중 교육이 충분히 이뤄지지 않고, 민법상 반려동물을 물건으로 분류하고 있기 때문에 동물학대 사건도 솜방망이 처벌에 그친다(물론 현재는 반려동물의 법적 지위를 개선하기 위한 법안이 강화되는 추세다). 게다가 반려 인구가 늘어나는 것에 비례해서 유기동물이 급증하는 것 또한 사회문제로 고민해봐야 할 부분이다. 전국의 보호소에는 입양 대기일을 넘겨 안락사만을 기다리는 동물들이 넘쳐난다. 또한 강아지, 고양이 불법 번식장 문제도 우리에게 남겨진 큰 숙제이다.

반려동물 선진국으로 가기 위한 첫걸음은 반려동물에 대한 시민의식 함양이다. 이는 반려인은 물론 비반려인의 인식을 포함한다. 세계적인 흐름에 발맞춰 반려동물이 더 이상 외면할 수 없는 사회의 한 부분임을 인식하고, 공생할 수 있는 방법에 대해 반려인과 비반려인이 함께 고민하는 자세와 사회적 합의가 필요하다.

또한 2014년부터 시행되고 있는 동물등록제에 참여하여 반려동물의 유기 및 유실 문제를 근본적으로 차단할 수 있는 사회적 장치를 마련해야 한다. 더불어 유기동물보호소에 대한 공적 차원의 지원과 반려인들이 일정 부분 반려세를 납부하는 것도 고민해볼 문제이다. 물론 이 모든 과정이 투명하게 진행될 수 있도록 반려동물 관련 법안이 지금보다 촘촘해지는 것 또한 필수적으로 선행되어야 할 것이다.

동물과의 공존은 우리가 그들의 삶을 들여다보고 이해하고 공감하는 순간부터 시작된다. 단순히 인간의 즐거움, 즉 동물들이 우리에게 주는 결과물에만 집중할 경우 동물은 하나의 도구 개념에서 멈추지만, 최소한의 공감이 있다면 하나하나의 생명체가 가지고 있고 누려야 하는 권리가 눈에 보이게 된다. 작은 관심이 있다면 시작될 수 있는 큰 변화를 많은 사람이 알게 되면 좋겠다.

에필로그

수의사를 꿈꾸고 있을지 모르는 누군가에게

3월은 왠지 새로운 일이 생길 것 같은 설렘이 가득한 달입니다. 2002년 3월, 제가 수의학과에 입학하던 날도 마음속에 설렘이 가득했습니다. 젊은 예비 수의사들이 저마다의 꿈을 가슴에 안고 수업 시간표를 확인하며 강의실을 옮겨 다니던, 어색하지만 벅차올랐던 날들이었습니다. 물론 강의실보다는 잔디밭이 좋았고 실습 시간보다는 친구들과의 즐거운 시간이 더 좋았지만 정말 많은 것을 배우고 경험한 시간이었습니다.

제가 입학했던 때에는 수의사라는 직업에 대한 개념이 확실하지 않았던 때였습니다. 그 시절 시골 어르신들께서는 제가 수의학과에 입학했다고 하면 아파트 수위직을 하기 위해서 가는 곳인지, 장의사가 되기 위해 가는 곳인지를 되물어보는 경우도 허다했습니다. 지금으로서는 상상할 수 없는 일이지요.

그만큼 수의사라는 직업에 대한 정보가 적기도 했고, 반려보다는 애완이라는 수식어가 더 흔했던 시기였기에 동물에 대한 사회적 인식 또한 지금과 비교할 수 없이 낮았습니다.

하지만 오늘날에는 학생들이 되고 싶어 하는 유망 직업 중 하나로 수의사가 꼽히고, 방송 매체나 각종 언론 매체를 통해서도 현직 수의사들의 풍부한 경험과 능력을 대중들이 쉽게 접할 수 있는 환경이 되었습니다.

이렇게 인식이 변화한 데에는 우리나라 문화의 성숙도가 높아졌다는 점도 있지만, 너무나 당연하게도 먼저 길을 닦아주신 선배 수의사들의 노고가 녹아 있습니다.

수많은 선배 수의사들이 임상 수의사로서 아픈 동물들을 치료하는 일에만 국한하지 않고 방송으로, 언론으로, 법조계로, 벤처 기업으로, 반려용품이나 헬스 케어 제조업으로 뻗어나가고 있습니다. 앞으로 얼마나 더 넓은 영역으로 수의사들이 진출할 수 있을

지 지금의 저로서는 짐작조차 하기 어렵습니다.

수의사라는 직업은 참으로 힘들고도 매력적인 직업입니다. 정신적인 스트레스가 높고 실질적 업무 강도도 높은 직업이지만, 그만큼 성취감과 만족감을 동시에 얻을 수 있는 직업이지요.

그리고 무엇보다 동물들의 생명을 직간접적으로 지키고, 삶의 질을 높여주는 중요한 역할을 한다는 점이 아주 매력적인 직업입니다.

이 글을 읽는 수의사를 꿈꾸는 후배들이 있다면, 꼭 그 꿈에 도전해보라고 말해주고 싶습니다. 물론 힘들고 지치는 날이 있겠지만, 그보다 더 빛나는 순간들이 기다리고 있을 것을 확신합니다. 여러분이 가는 길에 저는 선배로서 옆에서 응원하겠습니다. 그리고 후배들이 가는 길에 미흡하나마 제가 걷고 있는 길이 이정표 역할을 할 수 있다면 더 바랄 게 없겠습니다.

“이제 퇴원해도 괜찮습니다!”